시가 있으므로 세상은 따스하다

시가
있으므로
세상은
따스하다

김종해
산문집

북
레
시
피

# 불 켜진 시인의 주마등走馬燈을 바라보며

작은 산문집 하나 세상에 내놓습니다.

저의 첫 산문집이자 마지막 산문집이 될 『시가 있으므로 세상은 따스하다』가 그것입니다. 이 책 한 권을 엮는 동안 내내 부끄러웠습니다. 지난날의 주마등走馬燈을 그림으로 보는 듯 그 안에 담긴 한 시인의 삶의 흔적과 행로가 한 컷, 한 컷 모두 덧없고 부끄러웠기 때문입니다.

그 원고들 모두 불태워버리지 못한 것 또한 이미 늦었습니다. 이 한 권의 산문집을 펴냄으로써 시인으로서 지녀야 할 언어의 엄격한 통제와 자정 능력을 잃고 말았기 때문입니다.

그러나 시인이 시 이외의 장르인 산문 쓰는 일을 외도外道라고 생각했던 '시詩의 염결성'은 아직도 저에게는 주효합니다.

시단 등단 60년— 시인으로 시만 쓰면서 시 하나에 매달려 살아온 지 60년이 되었습니다.

이 책에 수록된 모든 산문은, 형태는 시부문 장르가 아니면서 주제는 '시'와 '시인'으로 귀결됩니다. 제가 쓴 모든 산문은 시와 시인을 이야기하고, 시와 시인이 그 구심점을 이루고 있습니다.

살아 있는 날까지 저는 누구보다 시를 사랑했던 한 사람의 시인의 이름을 갖고 싶습니다.

지봉池峯 김종해

# 차례

## 1부
## 시인이여, 시를 떠나라!

## 2부

# 나의 문학 요람을 흔들어주었던 이들

**3부**

# 시가 된 유년 삽화

**4부**

# 그 약을 다 먹으면 나는 잠들리라

1부

## 시인이여, 시를 떠나라!

나는 사시사철이 봄날이 아닌 곳에서 살고 싶다.
사시사철이 봄날이 아닌 곳에서 봄날을 그리워하는
모든 사람의 마음을 노래로 쓰고 싶다.

## 시인 선서

시인이여,

절실하지 않고, 원하지 않거든 쓰지 말라.

목마르지 않고, 주리지 않으면 구하지 말라.

스스로 안에서 차오르지 않고 넘치지 않으면 쓰지 말라.

물 흐르듯 바람 불듯 하늘의 뜻과 땅의 뜻을 좇아가라.

가지지 않고 있지도 않은 것을 다듬지 말라.

세상의 어느 곳에서 그대 시를 주문하더라도 그대의 절실함과 내통하지 않으면 응하지 말라.

그 주문에 의하여 시인이 시를 쓰고 시 배달을 한들 그것은 이미 곧 썩을 지푸라기 시이며, 거짓말 시가 아니냐.

시인이여, 시의 말 한마디 한마디가 그대의 심연을 거치고 그대의 혼에 인각된 말씀이거늘, 치열한 장인의식 없이는 쓰지 말라.

시인이여, 시여, 그대는 이 지상을 살아가는 인간의 삶을 위안하고 보다 높은 쪽으로 솟구치게 하는 가장 정직한 노래여야 한다.

온 세상이 권력의 전횡專橫에 눌려 핍박받을지라도 그대의 칼날 같은 저항과 충언을 숨기지 말라.

민주와 자유가 유린당하고, 한 시대와 사회가 말문을 잃어버릴지라도 시인이여, 그대는 어둠을 거쳐서 한 시대의 새벽이 다시 오는 진리를 깨우치게 하라.

그대는 외로운 이, 가난한 이, 그늘진 이, 핍박받는 이, 영원 쪽에 서서 일하는 이의 맹우盟友여야 한다.

## 시인이여, 시를 떠나라

사시사철이 봄날이라면, 봄날을 좋아할 사람도, 봄날을 기다릴 사람도 없을 것이다.

사시사철이 꽃 피는 봄날이라면, 아름다운 꽃과 향기 속에 사시사철 묻혀 사는 사람이라면, 그 사람은 참으로 봄날을 모르는 사람이다.

늘 시 속에 묻혀 시를 읽고 시를 느끼고 시를 쓰는 사람은 참으로 시의 참모습을 모르는 사람이다. 시뿐인 삶의 진공 안에서 시를 말하고 시를 노래하고, 시를 자기 삶 속에 새겨넣는 사람은 참으로 시인의 모습을 갖춘 사람이 아니다.

시인이여, 시를 떠나라. 눈을 버리고 귀를 버리고 코를 버리고 감각마저 버려라.

나는 사시사철이 봄날이 아닌 곳에서 살고 싶다. 사시사철이 봄날이 아닌 곳에서 봄날을 그리워하는 모든 사람의 마음을 노래로 쓰고 싶다.

# 나는 이런 시가 좋다

나는 이런 시가 좋다.

아침에 짤막한 시 한 줄을 읽었는데, 하루 종일 방 안에 그 향기가 남아 있는 시.

사람의 온기가 담겨 있는 따뜻한 시.

영혼의 갈증을 축여주는 생수 같은 시.

눈물이나 이슬이 묻어 있는 듯한, 물기 있는 서정시를 나는 좋아한다.

때로는 핍박받는 자의 숨소리, 때로는 칼날 같은 목소리, 노동의 새벽이 들어 있는 시를 나는 좋아한다.

고통스러운 삶의 한철을 지내는 동안 떫은 물 다 빠지고 시인의 마음 안에서 열매처럼 익은 시.

너무 압축되고 함축되다가 옆구리가 터진 시.

그래서 엉뚱하고 다양한 의미로 보이기까지 하는 선시禪詩 같은 시.

뿌리와 줄기도 각기 다르고, 빛깔과 향기도 다르지만, 최상의 성취를 꽃으로 빚어내는 하느님의 시.

삶의 일상에서는 말 한마디 하지 않고 있다가 세상사의 중심을 시로써만 짚어내는 시인의 시.

시로써 사람을 느끼며, 그래서 사람으로 태어난 것을 자랑하고 싶은 시.

울림이 있는 시, 향기 있는 시.

나는 이런 시가 정말 좋다.

## 자기 속의 독자를 살해하라

시인은 누구를 위해서 시를 쓰는가. 대부분의 시인들은 자신을 위해서 시를 쓴다고 말한다. 시인은 시를 쓰면서 즐거움과 고통, 자기 위안을 함께 받는다. 시의 가장 충실한 독자는 시인 자신이다.

시인이 쓴 시는 우선 자기 자신 속의 독자라는 벽을 극복해야 한다. 시인은 자기 자신이라는 한 사람의 독자를 극복했을 때 다중多衆의 공감을 얻을 수 있다.

시인이 쏘아 올린 시가 시위를 떠나 하늘로 날아오를 때, 시인이 벼린 날카로운 언어는 이미 다중의 가슴속을 파고드는 한 획의 전율이다.

감동적인 시의 탄생을 위해, 시인은 자기 자신 속의 독자를 여러 번 부정하고, 여러 번 살해해야 한다.

한 편의 시가 갖는 감동을 위해 시인은 언제나 자기 자신을 떠나야 한다.

# 시란 무엇인가 1

내가 너에게 아무도 모르게
'사랑한다'는 암호를 편지에 써서 보냈는데,
너는 남들이 모르는 그 암호를 곧 독해讀解하고
답신을 보내왔다.
'사랑한다'는 나의 말은 너에게 전달되고,
너는 답신 속에 또한 암호를 보내왔다.
나는 그 암호를 받고 기뻤으며 전율하였다.
두 사람이 내통할 수 있는 암호는
두 사람만의 것이 아니라,
사랑하는 사람들 모두의 마음을
흔들어놓는 시의 한 전형이 된다.
사람들의 마음을 움직일 수 있는 암호의 압축,
축약된 문맥과 색깔, 상상력과 율동,
그 어법 속에 살아 있는 시의 혼을 담아내는 일,
사람의 마음을 움직이는 일이 곧 시인의 몫이다.

## 시란 무엇인가 2

군말하지 마라.
언어가 없으면 시도 없다.
언어를 색칠하라.

## 시인을 위한 메시지

내게는 너무 많은 각角이 살아 있다.

평생 살아가면서 내 몸속에 서 있는 날을 죽이거나 그 각을 무디게 하려면 그것은 시를 버리는 일뿐이다.

나의 삶이 온전히 시 속에 뿌리박고 있을 때 나는 예리한 야생의 날과 각을 느낀다.

내가 지닌 각 때문에 나는 일생 많이 다쳤다.

좀 더 느린 행보로 걸어가라는 선인들의 말씀대로 나는 나 자신을 속일 수는 없다.

자신에게 쏟아붓는 끊임없는 담금질은 자해가 아니다.

시인이여. 어쩌겠는가. 그대는 그대가 가진 예각을 지혜롭게 감춰라.

그러나 죽을 때까지 일생의 삶 속에서 예리한 날과 각을 세워 한 편의 좋은 시를 얻어야 한다.

모난 삶의 치유가 시 속에 있다.

오늘 쓰는 한 편의 시가 영원을 얻기까지 그대는 끊임없이 걸어가야 한다.

# 시여, 나는 아직도 너를 모른다!

나는 아직도 모른다.

모양을 갖추지 않아서 보이지 않고 만져지지 않고 고요한 것, 그러나 부드럽게 때로는 격렬하게 움직이는 것,

내 안에 있으면서 어느덧 너에게 가 있고,

너에게 있으면서 나를 일으키고 소리치게 하는 것,

떨림이 있고 울림이 있고 팽팽함이 있어 우리를 설레게 하고 흔드는 것, 그것이 무엇인지 나는 아직도 모른다.

이 바닥에서 50년이 지나도록 그것을 찾아 캐고 뽑고 다듬고 두드리지만 시여, 나는 아직도 너를 모른다.

## 가장 절실하고 소중한 것

이 시대에 있어서 시란 무엇인가, 시란 우리에게 무엇이 되는가. 시란 인간의 삶에서 어떤 의미와 가치를 가지는가.

요즈음 나는 이러한 근원적인 의문에 부딪혀 방황하고 회의한다. 시가 우리의 삶에 궁극적으로 위안과 감동과 최소한의 구원과 힘을 줄 수 있는 것이라 가정한다 해도, 현실적인 삶에서 시란 도대체 무엇인가.

막벌이꾼에게 물어보라. 시장 좌판 바닥에 벌여놓은 한 다발의 파를 가질 것인가, 한 편의 시를 가질 것인가.

고통을 호소하는 환자에게 물어보라. 한 알의 진통제를 원하는가, 한 편의 시를 원하는가.

삶의 현장에서 땀 흘리는 노동자에게 물어보라. 한 잔의 냉수를 원하는가, 한 편의 시를 원하는가.

자유와 민권 투쟁을 외치는 대학생에게 물어보라. 한 장의 벽돌을 원하는가, 한 편의 시를 원하는가.

환락가에서 춤추는 자에게 물어보라. 한 잔의 술을 원하는가, 한 편의 시를 원하는가.

대운동장에서 열광하는 스포츠 관중에게 물어보라. 이 경기를 관람할 것인가, 한 편의 시를 읽을 것인가.

그들은 각기 제 삶에서 가장 필요하고 우선하는 '소중하고 절실한 것'을 원할 것이다. 이때 시란 그들(다중)에게 무엇이 되는가.

한 다발의 파보다, 한 알의 진통제보다, 한 장의 벽돌 가치보다 낙후되고 뒷전으로 밀려난 무력한 시를 위하여 시인은 무엇을 할 것인가.

삶의 바깥쪽(육체)이 중시되고 삶의 안쪽(심혼)이 막히고 소외된 시대, 시의 가치가 절하되고 비하된 이 시대의 삶을 살아가는 대중을 위하여 시인은 무엇을 할 것인가.

이제 나는 한 다발의 파와 같은 시, 한 알의 진통제 같은 시, 한 장의 벽돌과 같은 시, 그리고 한 잔의 냉수와 같은 시를 쓰고 싶다.

지금 우리에게 가장 절실하고 소중한 것, 지극히 개인적인 것이라 할지라도 한 인간에게 '가장 절실하고 소중한 것'을 나의 시 속에 수용하고 싶다. 모든 인간에게서 일어나는 절실한 '울림'을 나의 것으로 하고 싶다.

## 길 위에서 이름을 부르며

친구여, 길 위에서 나는 친구들의 이름을 하나하나 호명한다.

친구여, 봄날 꿈속에서 이 땅을 떠난 그들은 하나하나 모습을 보인다.

김광협, 이문구, 조태일, 임영조, 손춘익, 박정만, 오규원, 김영태, 마종하, 신현정, 최하림……

살아 있는 자의 꿈, 한평생 살아온 길 위에서 뒤돌아보면 거기 보이는 모든 삶이 봄꿈이다.

외롭고 슬프고 어두운 날의 기도마저도 더 오래 내 것이 된 길 위에서 살아 있는 자에게 오늘만이 봄날이라면 사람 살아가는 한평생이 봄날이다.

친구여, 헛된 봄꿈을 꾸는 나는 삶이 우리에게 한 번쯤 허락하는 봄날을 믿는다.

친구여, 길 위에서 나는.

허공을 보았다


바람 부는 봄날, 벚꽃 꽃잎이 흩날리며 낭자하게 떨어지는 벚나무 아래서 하늘을 바라보신 적이 있으신지요.

떨어지는 꽃잎들이 허공 안에서 저희들끼리 날개를 펴고 또 한 번 눈부신 마지막 무도회를 여는 그 절박한 순간, 거기 꽃잎 사이로 언뜻언뜻 보이는 허공의 갖가지 모습을 보신 적이 있으신지요.

아찔한 벼랑에서 뛰어내리는 꽃잎도 꽃잎이지만, 천변만화하며 움직이는 저 눈부신 공간을 잡아두고 싶었습니다. 생명체가 남기는 마지막 아름다움이 담긴 저 허공을 저는 사랑합니다.

잠깐 사이 변하고 사라지는 것, 저 허공에 귀를 갖다 대고 그 울림을 듣고 싶습니다.

귀뜸과 눈뜸, 깨침의 세계가 담긴 그 허공의 말씀을 시인으로서 저는 아직 알지 못합니다.

허공은 허공이 아닙니다. 허공은 잠시 모습을 보이는 숨어 있는 선禪입니다.

누구나 알아듣고 공명하는 그 깨침의 언어로 저는 시를 쓰고 싶습니다. 시인으로 등단하여 시를 써온 지 60년째, 그러나 저는 아직 시인으로 불리는 것이 부끄러울 뿐입니다.

## 사람의 몸은 악기

시를 써오며, 시인으로서 한세상 살아오면서 나는 많은 깨달음과 지혜를 얻었다. 사람 몸 하나가 온갖 감정과 영혼을 담고 있는 악기樂器라는 것을 뒤늦게 알게 된다.

부드럽게 불어오는 바람 속에서도, 한 잎의 풀잎에서도 바람이 가진 고유의 악기를 느낀다.

늦가을 나뭇잎이 한 장 지상에 떨어질 때 들을 수 있는 그 비애는 독특하다. 낙엽 한 장에도 부드러우면서 칼날같이 예리한 자연귀소의 결단력이 담겨 있다. 떠나야 할 때 머뭇거리지 않는 저 한 장의 생명의 미세한 움직임과 그 변주變奏를 나는 듣고 있다.

늦은 저녁, 지상과 우주의 한쪽 귀퉁이에서 나는 내가 가진 모든 악기를 나의 몸속에서 끄집어내어 연주하고 싶다. 사람의 감정으로 살아왔던 그 고통스러운 연대기와 함께 영혼 속 모든 악기의 합주를 나는 시의 언어로 남기고 싶다.

나는 좀 더 사람의 몸에 가닿는 고통과 환희의 시를 쓰고 싶다.

# 형태 파괴의 시

1965년 발표된 나의 데뷔작이자 《경향신문》 신춘문예 당선작인 「내란內亂」을 읽어본 당시의 독자들은 다소 어리둥절하고 의아했을 것이다. 왜냐하면 그 시는 새해 벽두 신문에 발표되는 신춘문예 당선작으로서의 규격을 여지없이 깨뜨렸기 때문이다.

형태상으로 볼 때 단어와 단어 사이의 띄어쓰기가 철저하게 무시되고, 문장을 꺾는 행 구분도 의도적으로 흐트러뜨려 놓음으로써 웬만한 끈기를 갖지 않고선 이 작품을 읽을 수 없도록 맞춤법을 무시했던 것이다.

그러한 시적 장치는 작품 읽기를 방해하기 위한, 다분히 의도적인 것이었다.

나는 이 작품이 당선되리라고는 전혀 생각지 않았으며, 단지 당선 예상 작품과 함께 딸려 보낸 보조 작품쯤으로 생각했다. 그러나 당시 심사위원이었던 박목월, 조지훈 두 분은 뜻밖에 이 작품을 당선작으로 뽑고 "내면의 혼란을 잘 표현한 작품"이라고 평했다.

끈적끈적한 점액성의 접착제가 글자와 글자, 행과 행 사이에 붙어 있는 이러한 언어 형태의 파괴는 데뷔작뿐만 아니라 80년대 초 끝난 연작시 「항해일지」에 이르기까지 내 시의 기법에 틈틈이 등장한다.

말과 말, 언어와 언어가 단락 지어지지 않고 잇닿아 흐름으로써 드러나는 시적 효과는, 내면 의식의 아픔과 고뇌 혹은 의식 현상의 한 흐름을 포착하는 데 적절히 구사된다. 이럴 때 극히 경계해야 할 점이 난해시難解詩로의 전락이다.

나는 난해시를 싫어한다. 시의 이미지와 의미, 의도성이 투명하지 못하거나, 시인이 읽어서 이해되지 않는 시는 난해시라 할 수 있다. 시는 해독이 불가능한 암호이기를 거부한다.

80, 90년대 이르러 젊은 시인들에 의해 시도되었던 해체시, 실험시, 전위시의 경우 시적 성과가 높았던 황지우, 박남철 등 몇몇 시인들을 제외하면 거의가 비시적非詩的이고 반시적反詩的인 난해시 범주를 벗어나지 못했다.

시를 통해 상대방(독자)에게 시인의 메시지가 전달되어야 하고 상대방의 마음을 움직여야 하며 시 읽는 재미와 즐거움이 있어야 한다는 대전제 없이 시인이 시를 쓰는 행위는 무의미하다. 시인의 부단한 언어 탁마琢磨에 의한 실험성과 전위성에 의한 시 쓰기의 노력 없이는 시의 새로움을 기대하기 어렵다.

나의 시에서 중요한 역할을 하는 이러한 형태상의 실험적 요소와 마찬가지로 서정성을 나는 또한 중시한다. 언어에 의한 메마른 구조물 사이사이에 정서적인 감정을 장치해 넣는데, 이것이 서정성(물기)이다. 이것은 내 시가 갖고 있는 목소리와 같은 것이며 컬러와 같은 것이기도 하다. 대개, 시인의 의도적 목적성이 이곳에 장치된다.

시는 언어예술에서 출발한다는 기본적 명제 속에서, 시의 수구성守舊性을 거부하고 시의 새로움을 구현하는 시인들의 끊임없는 실험성은 앞날의 우리 시사詩史에 의미 있는 역할을 할 것으로 믿는다.

# 한 통의 전보가 나를 시인으로 깨웠다

《자유문학》1963년 3월호 목차를 보면 당시 자유문학사가 주관하는 '신인문학상 당선자'의 이름과 당선작이 발표되어 있다. 남궁해南宮海라는 이름의 신인이 《자유문학》에 투고했던 시 「저녁」이 당선작으로 선정되어, 뜻밖에 나는 필명 남궁해로 문단에 등단한다. 그리고 시와 시론을 함께했던 젊은 시인과 평론가들의 동인지 《신년대新年代》에 창립 멤버로 시를 발표하며 신인 남궁해 시인으로 활동한다.

1960년대 초 문단에 등단한 신인의 입장에서 보면 작품을 발표할 지면은 당시 《현대문학》과 《자유문학》두 월간 문예지뿐이었다. 갓 등단한 신인으로서는 두 문예지가 그림 속의 떡일 뿐이었다.

《신년대》창립 멤버로 참여한 계기도 동인지에 작품 발표를 해서 궁극적으로 신인의 존재를 알리기 위한 것이었다. 더구나 출신지 《자유문학》마저도 1963년 말에 경영난으로 폐간되고 말았다. 신인 남궁해의 활동 한계는 그것으로 끝났다.

1964년 11월, 암담하고 캄캄한 겨울, 나는 다시 문단의 미아迷兒 신세에서 벗어나기 위해 새로운 문단 등단의 결행을 준비한다. '신춘문예'의 제도권 도전이다. 《경향신문》 신춘문예에 세 편의 시를 투고했다. 그 가운데 당선작으로 뽑힌 한 편이 앞서 이야기한 「내란內亂」이란 시다.

1964년 12월 23일 춥고 캄캄한 늦저녁 무렵, 한 통의 전보를 받았다. 《경향신문》 문화부에서 보내온 것이었다. 당시 나는 고려대 정문 앞 제기동의 두 평짜리 문간 단칸방에 자취방을 얻어 꿈같은 신혼생활을 하고 있었다. 그런 가운데 새해 4월에 출산할 아들 김요일의 이름으로 투고했던 그 시가 당선작이 되었던 것이다.

신문사로부터 당선 전보를 받은 그 밤 내내 나는 잠을 이룰 수 없었다.

"인간 내면의 혼란과 갈등을 정교하게 잘 그려놓은 시"라고 하는 심사평이 있었지만 이 시의 배면背面에 깔려 있는 사회의식과 역사의식, 민중의 갈등은 적시해놓지 않았다. 군사정권에 대한 민중 항거가 일상적이었던 그 시절 우리 사회 위기를 한 인간의 불안한 내면 의식 속의 붕괴하는 독재자 왕조王朝로 비유하고 전개한 시였다.

「내란」은 시의 형식과 흐름, 내면 의식의 자폐와 은유, 언어의 끈끈한 결속과 응집을 좀 더 단호하게 전개해보고자 띄어쓰기 맞춤법을 의도적으로 무시한 작품이었다.

더구나 이 시 속에는 신춘문예 당선작으로서의 금도를 넘어선 시어들이 등장한다. '제왕', '민중들의 횃불', '투석', '독재자', '벽돌', '화염', '비수' 등의 투쟁적 시어들에 대해서 심사위원이었던 박목월, 조지훈 두 분은 어떤 시선을 갖고 있었을지 궁금하다. 아마 당시로서도 당돌하고 실험적이었던 「내란」의 시 형식과 전개에 후한 점수를 주지 않았을까 생각한다.

절대권력의 왕조가 무너지고 왕좌에서 쫓겨나는 권력자 최후의 모습과 인간 내면 의식의 분열과 자탄을 시로 표현한 작품이 바로 「내란」의 급소이다. 비극적인 한 편의 사극史劇에 비유하자면 이 시는 쫓겨나는 독재자 권력의 마지막 비애와 갈등의 정서를 압축해서 담은, 짤막한 서사시라 할 수 있으리라.

　낙엽이나린다. 우산을들고
　제왕帝王은운다헤맨다. 검은비각碑閣에어리이는
　제왕의깊은밤에낙엽은나리고
　어리석은민중들의횃불은밤새도록바깥에서
　궐闕문을두드린다.
　깊은돌층계를타고내려가듯
　한밤중에촉대에불을켜들고
　궐闕안에나린낙엽을투석投石을

맨발로밟고내려가라내려가라

내려가라깊고먼지경地境에침잠하여

제왕은행방불명이된다.

제왕은화구의불구멍이라자기혼자뿐인거울속에서

여러개의탁자위에나린

낙엽이되고투석이되고

독재자인나는맨발로난간에나가앉아

벽기둥에꽂힌살이되고

깊은밤이된다. 제왕은군중속에떠있는

외로운섬인가. 낡은법정의흔들리는벽돌을헐어

이한밤짐朕에게비문碑文을써다오

화염인채무너지는대리석처럼깊은밤인경은

시녀같이누각에서운다누각에서떠난다.

아한장의풀잎인가미궁속에서

내전에세워둔내동상은흔들리고

나는거기가서꽂힌비수匕首가되고

한밤동안석전石殿을내리는물든가랑잎에

붉은용상龍床은젖어

우산을들고제왕은운다헤맨다.


　　　—「내란」 전문

## 시는 혼자 쓰지만, 읽는 이는 여럿이다

날마다 시를 읽고, 시를 생각한다. 한 달 동안 시인들이 간행한 많은 시집, 시를 발표한 수많은 월간 전문 시지詩誌, 수십 종의 계간 전문 시 잡지와 사화집, 각종 종합 문예지와 일간신문에 소개되는 시들— 또, 도시 빌딩 외벽과 둘레길 공원, 지하철역 스크린도어를 장식하는 시에 둘러싸여 시를 읽지 않고 외면할 수 없는 이 도시와 이 국가에서 살고 있는 시인들은 행복해 보이기까지 하다.

그러나 그 실상을 들여다보면 꼭 그렇지만도 않은 것 같다. 시에 대한 혐오감도 만만치 않다. 함량 미달의 시를 읽어내는 시 독자들의 수준 또한 만만치 않다.

"이것도 시냐?"

서울 어느 지하철역 유리 벽에 쓰인 어떤 시인의 시를 읽고 그곳을 지나던 한 여성이 냉소적으로 내뱉었다. 시와 독자와의 거리를 좀 더 좁히고, 문화예술의 감성적 환경을 격조 높게 장식하려던 지하철역 측의 배려가 기대보다 신통치 않아 보이던 순간이었다.

지하철역 유리 벽에 인쇄된 그 시는 왜 우리의 가슴에 뛰어 들어와 좋은 시로 꽂히지 않았던 것일까.

　'좋은 시'는 독자들이 먼저 가려낸다. 인터넷 검색창에 비친 시와 시인에 관한 독자들의 시에 대한 비평적 욕구와 견해는 전문가 수준만큼 날카롭기까지 하다. '좋은 시'에서 받는 따뜻한 온기와 감동, 위안과 치유를 시 독자의 기대만큼 채우지 못했던 것은 아닐까. 쉽게 이야기해서 난해한 시, 가벼운 시, 하찮은 시가 되고 만 것은 아닐까.

　한 달에 수천 편씩 발표되는 시인들의 열정이 담긴 시편들이 왜 오늘의 대다수 시 독자들로부터 소외받고 있는 것일까. 시인들은 자성自省해서 스스로에게 되물어보아야 한다.

　나는 오늘의 현대시가 시인들만 읽는 시인 사회의 전유물이 되어서는 안 된다고 생각한다. 독자에게 가까이 다가가는 쉬운 시와 시의 대중화는 별개의 것이다. 시인 스스로가 쓴 시 작품이 가까이 있는 가족에게마저 이해받지 못한다면 이는 난해시의 문제를 떠나 시인의 자질을 다시 생각해봐야 할 문제다. 시인이 깨닫지 못하면 시인이 공들여 쓴 '난해시'는 결코 좋은 시가 되지 못한다.

　시를 생각하면서 문득 우이독경牛耳讀經을 떠올렸다. 쇠귀에 경 읽기. 오늘날 시인들이 쓰고 있는 현대시가 대다수의 사람들에게 어떻게 잘 읽히고, 이해되고, 소통될 수 있을까를 생각한다. 물론 시인들이 쓰는 시가 완벽한 가치를 지니는 하나의 '경전'이라고 보았을 때를 가정한 것이지만, 시의 독자는 아직도 시와 소통할 수 없는 멀고 먼 곳에 절벽처럼 서 있다.

내가 만일 한 마리의 '소'라고 가정한다면 스님이 암송하는 부처의 경을 알아들을 수 있을까. 소의 귀에다 대고 경을 읽는 스님이 겪게 될 그 단절된 절벽을 스스로 마주하고 깨닫게 될 줄 알면서도 스님은 중단하지 않고 경을 읽을 것이다. 그렇다고 소의 득도得道를 바라는 것은 아니다.

오늘의 시와 시인도 그렇다. '쇠귀에 경 읽기'보다 어렵지 않게 사람 귀에 다가가는 시인들의 부단한 노력을 나는 알고 있다.

당신이 진정한 시인이라면 시인들이여, 마음을 움직이는 시를 사람들이 어떻게 알아듣게 쓸 것인가. 시의 소통을 위해 어떻게 사람들의 귀에 더 가까이 다가갈 것인가. 시와 독자 간 괴리와 간극을 해결하기 위해 시인은 열린 귀를 향해 끊임없이 '좋은 시'를 써야 한다는 이 시대의 소명 의식을 잊지 말아야 한다.

시여, 사람들의 귀를 열게 하라. 시 속에 담긴 순간의 짧은 깨침과 위안을, 시를 읽는 모두와 함께 공유케 하라.

시를 쓰는 시인의 한 사람으로 나는 각종 시인대회와 세미나, 시 낭송 등으로 세계 곳곳을 여행했다. 아마 백여 개국 이상의 도시를 다녔던 것 같다. 언어와 인종이 다른 여러 나라 시인들과의 교류는 내 삶과 문학의 시야를 넓혀준 계기가 되었다. 그 도시들에서 겪었던 많은 일들 가운데 그곳 현지인들의 시간 속에 이방인이었던 내 삶이 섞이는 경험은 아직도 내 심장을 뛰게 한다.

자정이 넘은 파리의 술집 뒷골목, 멕시코시티나 도쿄의 즐비한 뒷골목에서 풍기는 그곳 사람들의 체취는 사람에 대한 새로운 감동을 느끼게 했다. 여행은 사람 사는 세상에서 부딪혀보지 못한 또 다른 넓이와 깨달음을 새롭게 보여주었다.

지금까지도 잊을 수 없는 여행의 한 대목이 있다. 한국 굴지의 대기업이었던 전 대우그룹의 '세계경영 기획'이 마련한 문인들의 세계 산업시찰 여행이었다. 아시아, 중동, 유럽 여러 나라까지 기업이 확장된 대우의 산업기지와 자동차 공장을 견학하게 하는, 문인들을 위한 산업시찰 여행이었다. 김우중 회장은 문인들의 편의를 위해 항공 전세기까지 띄웠다.

영국, 프랑스, 인도, 베트남 등 세계 여러 나라에 준공된 대우의 산업 시설과 현지 인력을 기용한 자동차 공장을 둘러보는 내내 나는 대한민국의 국력과 민족 자긍심을 느꼈다. 대우 측의 배려로 영국 맨체스터공항으로 입국할 때는 전세기에 타고 있던 모든 한국인 여행자의 여권 검색도 면제가 되었다. 덕분에 우리는 자유롭게 공항을 빠져나올 수 있었다. 문학인들에게 대한민국 국민의 자긍심을 강하게 심어준 대기업가 김우중 회장에 대한 고마움을 지금까지도 잊을 수 없다.

이와는 달리 자유를 속박당했던 지역의 여행도 있었다. 바로 북한과 이란이다. 북한 여행은 남북 문인 교류를 염두에 두고 남측 작가회의가 전면에 나서서 이끌어낸 남북 문학인 대회였다. 이때 남측이 제공한 막대한 대회 자금이 북측의 마음을 움직였다.

북측이 보낸 고려항공 비행기를 타고 인천공항에서 출발해 평양 인근의 공항에 내렸다. 숙소인 고려호텔로 가는 버스 안에서 설렘 대신 나는 숨을 죽였다. 자동차와 사람들의 내왕이 한산한 도시, 평양은 조용했다. 고려호텔에서 여장을 푼 순간부터 호텔 바깥출입은 예상대로 금지되었다. 외부 행사 때는 단체가 탄 버스로 이동했을 때를 제외하고, 호텔 입구부터 출입이 통제되었다.

밤에 바라보는 대동강, 부벽루, 을밀대, 평소 걸어보고 싶었던 평양의 밤거리와 뒷골목…… 걸어서 갈 수 없는 그곳들, 고려호텔 안 스카이라운지에서 우리는 밤늦게까지 술로 안타까운 속내를 풀었다.

버스를 타고 가는 동안 낮에 보는 평양의 길거리와 북한 곳곳의 모든 여행지엔 위대한 김일성 장군과 김정일 수령 동지의 이름뿐이었다. 아무 속내도 보이지 말자. 이날부터 대동강, 백두산, 묘향산, 청천강을 버스로 스쳐 지나면서 북한 체류 기간 내내 나는 심한 실어증에 빠져버렸다. 그리고 그 실어증은 인천공항으로 돌아오자마자 사라졌다.

북한에서는 이렇듯 여행자의 자유를 철저하게 속박받았지만 이란에서는 그나마 사정이 좀 나았다. 세계의 수많은 여행자가 밟지 않은 숨겨진 페르시아의 유적지들은 신선한 매력을 선사해주었다.

이란에는 여행자가 지켜야 할 수칙이 있다. 여성 여행자는 누구나 머리에 히잡을 써야 하고, 남성 여행자는 이란의 여성과 절대 악수를 하지 말아야 하며, 모든 여행자는 술을 가지고 있거나 마셔서는 안 된다는 이슬람의 엄격한 계율을 따라야 한다. 그래서 술을 즐기는 여행자는 고통스럽다. 암시장에서 구입한 술병을 호텔방에 가지고 들어와 마치 무슨 마약이라도 되듯 몰래 술을 마시는 여행객들의 엉뚱한 불법이 저지르는 쾌감 또한 나그네의 즐거운 이란 여행 목록 중 하나가 된다.

그러나 반드시 금주禁酒의 계율을 어겨서는 안 된다. 그 고장에 들어가면 그 고장 풍속을 따라야 한다는 공자의 말씀, 입향종향入鄕從鄕이 옳다는 생각이다.

2부

## 나의 문학 요람을 흔들어주었던 이들

도스토옙스키의 유해가 묻힌 넵스키 공원묘지 앞에서,
나는 한 잔의 소주와 오징어 안주를 올리고 경배했다.
그리고 「표도르와 함께」라는 나의 시 첫 구절을 바쳤다.

## 나의 촛대에 아직도 촛불이……

목월 선생님, 이즈음 저는 너무나 오랜 잠을 자고 있습니다. 6개월간 온전히 아무 일도 하지 못했습니다. 한 편의 시도 쓰지 못했습니다. 길고 오랜 침묵이 저의 반짝이는 영혼과 오성悟性의 눈을 감겼습니다.

사물을 보는 일도 싫어졌지만 설사 두 눈으로 보게 되었다 하더라도 "나는 보았노라" 하고 마땅히 말할 수 있는 힘을 기피합니다. 모든 것을 회피하기 위하여, 외면하기 위하여, 이 시대의 한 계절을 저는 '잠'을 자지 않으면 안 됩니다. 이즈음 저의 건강은 '잠'뿐입니다. 정신과 의사도 찾아낼 수 없는 이 내면의 병을 누구에게도 저는 이야기하지 못합니다.

목월 선생님, '저는 이야기하지 못합니다' 하는 이 고통을, 젊은 시인의 이 고통을 선생님은 이해하셔야 합니다. '대체 고통이 무엇이냐?'고 선생님은 반문하실지 모르겠지만, 실상實像을 이 시대의 언어로 표현하지 못하는 불행을 저희 젊은 시인들은 갖고 있습니다.

저의 회복을 빌어주십시오. 제가 가진 인간의 내면에서 일어나는 가장 절실한 문제를 선생님께 말씀드리고 있기 때문입니다. 자정이 가까워오는 시각, 달콤한 한 편의 향기 짙은 시를 쓰고 싶은 이 시각에 반정서적反情緒的인 고뇌에 시달려야 하는 병을 앓고 있는 한 젊은 시인의 치열한 내면적인 싸움을 선생님은 이해하셔야 합니다.

왜 목월 선생님을 이 편지의 대상으로 하여 제 마음의 고백을 드려야 하는가에 대해선 오해하지 말아주십시오. 그 대상은 목월 선생님이 아니라, 혹은 어머니라 해도 좋을 것입니다. 혼미한 병중病中에 아들이 어머니에게 가까스로 더듬더듬 이야기하는 것이라 생각하면 좋을 것입니다. 또한 '어머니, 나의 영혼이 깰 시간은 언제입니까. 나의 촛대에 아직도 촛불이 켜져 있습니까'라고 하는 말과 같을 것입니다.

"허물없는 올바른 삶을 사는 자는 무어족族의 창도 활도 필요가 없노라"라고 말한 호레이스의 케케묵은 한 구절을 요사이 외고 있습니다.

선생님, 저의 회복을 빌어주십시오.

# 우째 그래 주량이 작노

한국시사韓國詩史를 장식하였던 수많은 별들 가운데 시인 박목월의 별은 유난히 푸르고 선연鮮然하였다. 선생은 초원에 뛰노는 청노루의 눈빛보다 더 지순하고 안온하였으며, 아늑한 봄날 제일 먼저 피어난 목련의 새하얀 첫 봉오리와도 같은 높고 그윽한 향기를 늘 지니고 계셨다. 나는 그러한 선생의 온후하고 부드러운 품격을 사숙하였으며, 사모하였다.

살아가는 일이 어렵고 캄캄하고 적막할 때 선생을 만나 뵈는 일 하나만으로도 내가 가진 두꺼운 염증을 와해시킬수 있었으며, 느리면서 온후하고 부드러운 선생의 음성과 미소를 뵙는 것만으로도 나의 딱딱하게 굳어진 자폐증自閉症은 스스로 문을 여는 것이었다. 따라서 선생은 내 정신의 벌거벗은 모습을 보셨고, 모두 이해해주셨고, 그리고 쓰다듬어주셨다.

시詩에서부터 인간에 이르기까지 우리는 만날 때마다 모든 것을 조용조용 이야기했다. 부자父子가 갖는 그런 친근

감으로, 사제師弟가 갖는 사랑으로, 예술을 향한 뜨거운 열정의 한 혈연으로 선생은 우리를 깊이 지켜보셨고 우리는 선생을 더없이 사모하였다.

1965년 1월 하순께 나는 선생을 처음 만나뵈었다. 앞서 이야기했듯 1963년도 《자유문학》 당선으로 이미 문단 데뷔는 하였으나 작품 발표의 기회를 얻지 못한 나는 다시 《경향신문》 신춘문예에 응모하여 또 한 차례 당선하였고 이때 박목월, 조지훈, 두 분을 뵙게 되었다. 시상식과 당선자 축하 모임이 끝나고 나서 나는 박목월 선생과 처음으로 대화하였다. 대한극장 앞에서 택시를 잡으려고 서 계시는 선생을 붙들고 차 한잔 마시자 했더니 선생은 빙그레 웃으시며, 다음에 집으로 한번 놀러 오라고 하셨다.

그 이후부터 나는 박목월 선생의 문하생 가운데 가장 당돌한 인물로 속을 많이도 썩여드렸다. 선생을 모시고 시협詩協 일을 해오는 동안, 그리고 《심상心象》을 창간하여 그 일을 돕는 동안 수많은 말썽을 일으켜 심려를 끼쳐드렸다. 그러나 선생의 깃털은 항상 온화하고 부드러웠다. 박목월 선생이 지닌 깊고 부드러운 사랑의 끈은 나를 꼼짝없이 사로잡아 붙들어 매었다. 나의 시가 도덕성 쪽으로 강하게 기울어지자 선생은 이를 몹시 우려하셨다. 그러나 그 우려보다 더 넓은 포용력이 나의 예술적 신념에 강한 힘을 불어넣어주었다.

"시의 어느 한 패턴으로서의 획일화가 우리 시의 발전을 오히려 저해하는 거지. 얼마만큼 좋은 시를 써낼 수 있는가가 문제이지." 하고 선생은 내 시의 도덕성 쪽에다 말씀하셨다. 박목월 선생의 시에 비하면 나의 시는 너무나 이질적이며, 이단적이었다. 그러나 선생은 오히려 우리 시의 다양함 쪽을 더 원하셨다.

박목월 선생께 끼친 말썽 가운데 평생토록 오래 잊히지 않는 대목이 있다. 그 일은 1971년의 어느 가을날 저녁 무렵 일어났다. 지방에서 시협 세미나가 끝나고 서울로 돌아온 이틀 뒤 박목월, 박남수, 정한모, 김종길, 김남조, 김광림 선생 등 열너댓 분과 함께 관철동 한국 기원 뒤쪽의 중국음식점에서 임원들 회식을 했는데, 그 자리에서 나는 커다란 실수를 저지르고 말았다. 점심도 거른 공복중에 목월 선생이 큰 맥주컵에 따라주는 양주 한 잔을 받아 마시고 뒤이어 선생 앞으로 보내진 또 다른 술잔을 연거푸 받아 마신 것이다. 세미나 행사 때 수고 많이 했다고 특별히 내게 배려를 보내는 것으로 보였다.

마침 시국에 관련된 비판적이고도 적나라한 이야기가 쏟아지고 있었는데 나는 시종 침묵을 지키고 있었다. 그러다 누군가가 내게 노래를 시켰다. 노래를 하기 위해 나는 벌떡 일어섰다. 그러나 그때 이미 나의 의식은 조금 전에 마신 양주 탓으로 완전히 정전이 되어 있었다.

이때부터의 나의 행동은 훨씬 뒤에 다른 사람을 통해 전해 들었다. 내가 일어선 채로 힘없이 털썩 주저앉으며 빙글빙글 회전하는 둥근 음식상을 주먹으로 쾅 치더라는 것이다. 그릇들과 술잔들이 그 충격으로 튀었다.

상을 쾅 치고 나서 나는, "목월 선생, 할 말 있소!" 하였다. 좌중은 경악했다.

"와 그라노? 할 말 있거든 해봐라."

목월 선생의 부드러운 말이었다. 다음 순간 나의 주먹이 음식상을 또 내리쳤다. 음식 그릇들과 술잔들이 또 튀었다.

"남수 선생, 할 말 있소!"

또다시 그릇들과 술잔들이 튀어올랐다.

"한모 선생, 할 말 있소!"

……바야흐로 흥겨운 술자리가 벌어지려는 때에 나는 이미 광견과도 같은 몰골을 남겨둔 채 나의 육체를 비우고 정신을 가출시켜버린 것이다. 내가 했던 말은 전부 그 세 마디뿐이었다.

쓰러진 채로 주위의 부축을 받고 중국집을 나오는데 온화한 손길이 나를 받쳐주었다. 두 눈을 떴다. 목월 선생이 빙그레 웃어 보였다.

그것뿐이었다. 망막은 다시 닫혔다.

목월 선생이 나를 택시에 태워주었더란다. 젊은 시인 임영조 씨더러 내 집까지 바래다주라고 당부하셨다 한다.

아직 이사도 가지 않은 상계동 집으로 나를 바래다주던 젊은 시인 임영조 씨마저 결국 집으로 돌아가지 못하고 여관 신세를 지게 된 것을 나는 다음 날 아침 술이 깨고 나서야 비로소 깨닫게 되었다.

전날 일어났던 그 무례함과 추태는 나 자신으로서도 도저히 용서할 수 없는 모욕감을 주었다. 심한 위축감과 죄책감과 숙취로 찌든 채, 아침에 원효로의 목월 선생께 전화를 드렸더니 선생은 화들짝 웃어댔다. 그 웃음은 부끄러움 속에 꽉꽉 밀폐해놓은 나의 문을 활짝 열어주었다.

"그래, 닌 술을 고거밖에 못 마시나, 우째 그래 주량酒量이 작노? 하하하……."

그것뿐이었다. 만언萬言의 질책보다 이 한마디의 웃음 띤 말씀은, 목월 선생이 계시지 않는 지금, 더할 수 없는 슬픔으로 가슴을 메게 한다. 눈물을 잊고 단단하게 살아가는 이 나이의 나에게 복받치는 눈물로써 가슴을 메게 한다. 목월 선생이 계시지 않는 지금은…….

# 남포의 갈매기
— 플로리다 박남수 선생님으로부터의 편지

종해 형에게,

『사슴의 관冠』이 12월 하순에 간행된다니 기쁩니다. 어쩌면 그냥 버려졌을 시편들이 한 책으로 된다는 것은 여간 기쁜 일이 아닙니다. 이렇게 이역異域에 떨어져 살다 보니 여러 가지로 자극이 됩니다. 앞으로 다시 시편이 모이는 대로 발표도 좀 하고 책도 꾸며보고 싶습니다.

요즘 저는 사업체를 하나 꾸렸습니다. 뉴욕에서 청과상을 하다 그만두고 2년 반을 허송한 셈이지요. 놀기에도 지쳤고 생활의 방편으로 뭣인가 해야 할 입장이었으니까요. 조그만 그로서리 마켓grocery market을 사들였습니다. 약 40년 된 오랜 가게입니다. 그래서 상품도 사들이고 냉장고 등 새로 사들이기로 하였습니다. 조그만 슈퍼마켓이라고 생각하시면 됩니다.

미국도 높은 인플레로 허덕이는 판이라 살기가 어려워졌습니다. 이번 가게에 10만 불가량 투자를 했습니다. 한화로 치면 6천여만 원이 됩니다. 이 가게로 생계를 꾸리면서 틈을 내어 글도 쓸 생각으로 있습니다.

　말씀 주신 산문집도 써보겠습니다. 집의 애들이 사업에 익숙해지면 시간을 낼 수 있을 것 같습니다. 써보고 싶은 계획은 많으나 미국 생활이 시간에 쫓기는 생활이라 뜻대로 될는지는 잘 모르겠습니다. 뜻대로 되면 명년쯤『미국생활기』를 어떤 모양으로든 정리해보겠습니다.

　그리고 그동안 써온 시론집詩論集도 정리할 생각입니다. 아직 한 책분이 채 안 되지만 내가 생각한 시, 혹은 시의 방법 등을 한 책쯤 남기고 싶습니다.

박남수

1930년대 우리 시사詩史에 상당한 영향력을 끼쳤던 문예지의 하나인《문장文章》추천 시인으로 청록파 3가시인三家詩人 박목월, 조지훈, 박두진 선생과, 같은 무렵 데뷔한 박남수 선생은 모두 우리 시단의 원로로서 존숭尊崇받으며 또한 시인으로서 대가大家의 자리를 굳힌 분들이다.

　박남수 선생은 1975년 가을, 미국에 거주하고 있는 가족들과 함께 생활하기 위하여 도미하였다. 오늘의 우리 시 유파流派의 한 정상을 차지하고 있던 시단의 '어른'이 왜 미국으로의 이민을 택하지 않으면 안 되었는가 하는 강렬한 개인적인 의문을 나는 그 당시 매우 긍정적인 면으로 이해하는 쪽에 서 있었다. 그 까닭은 나 개인이 부딪힌 어려움과 그 무렵 지식인 사이에 만연하고 있던 순응주의의 기반을 벗어나려는 도덕적 갈등 때문이었다.

원산 출신인 시인 김광림 씨는 박남수 선생을 '남포南浦의 갈매기'라고 그랬다. 박남수 선생의 시 전편을 관통해서 날아다니는 '새'의 이미지는 사실상 박남수 시의 대표적 표상이랄 수 있을 만큼 주요한 관건을 이룬다. 6.25전쟁 전, 북에서 남으로 날아온 이 '남포의 갈매기'가 30여 년이 흐르는 동안 안식처를 마련하지 못하고 끝내 미국으로 날아가던 날, 나는 직장의 오전 일만 끝내고 남산 회현동에서 혼자 하숙하고 있던 박남수 선생 댁으로 갔다.

선생님의 출국 사실은 극히 가까운 몇몇 분에게만 알려질 정도로 함구령이 내려졌던 터라 김포공항에는 박목월 선생 내외분과, 젊은 시인으로는 박남수 선생님의 가방을 챙겨주던 내가 유일했다. 박목월, 박남수 선생 두 분의 오랜 우정이 그날따라 유난히 돋보였다. 그것이 두 분의 마지막 이별의 산책이 될 줄은 아무도 몰랐다. 한 사람 한 사람 손을 꼬옥 쥐어 악수하고는 작별의 손을 흔들었다. 굵은 테 안경 속 박 선생님의 두 눈은 겉으로 보기엔 평온하고 잔잔한 호수 같았지만 심한 격랑과 해일이 지성의 방파제 그 너머로 들여다보이는 듯했다. 뒤도 돌아보지 않고 탑승기 쪽으로 걸어 들어가는 박 선생님의 뒤 어깨가 잠깐 흔들렸을 뿐, '남포의 갈매기'는 멀고 먼 곳으로 날아갔다.

김포공항을 떠날 때의 착잡한 심정을 박남수 선생은 「김포별곡金浦別曲」이라는 작품을 통해 뒤에 이렇게 노래했다.

　　하늘에서 반짝이는
　　대낮의 별처럼 반짝이면서
　　멀어져 간 이별은
　　실로 어처구니없게
　　우리 목전目前에서 기수機首를 쳐들었다
　　이별하기까지의 수속은
　　아직 인간의 냄새가 났지만
　　한번 지상을 박차는 그 순간은
　　실로 어처구니없게
　　직절直截한 것이었다.
　　인류의 소리를 모두 합친 것만치나
　　큰 통곡을 하고,
　　몇 번 안간힘을 쓰고
　　그리고 이륙하는 그 순간은
　　비非유크리트의 포물선을 그으면서
　　쾌청한 하늘에서
　　반짝이는 대낮의 별처럼
　　기체를 은빛으로 노래하고 있었다.

"실로 어처구니없게/ 우리 목전에서 기수를"쳐들고 두 분의 우정은 대낮의 별처럼 영원 속으로 날아가고 만 것이었다. "인류의 소리를 모두 합친 것만치나/ 큰 통곡을 하고/ 몇 번 안간힘을"다하고 떠났던 그 절실한 조국애의 마지막 이별의 순간은, 지적 통제가 무너진 감정의 노출이 오히려 읽는 이에게 더 큰 감동의 진폭으로 전달되어온다.

박남수 선생이 미국으로 건너가 뉴욕에서 청과점을 하며 어렵게 2년을 지내는 동안 박목월 선생은 겨울 아침 산책을 하고 돌아오는 길에 고혈압으로 쓰러져 타계하였다.

박남수 선생과는 한 달에 한 번 정도의 서신 내왕이 있었는데 선생님이 보내주시는 짤막한 봉함 편지를 통해 근황의 일면을 엿볼 수 있었다. 나는 틈틈이 편지를 올리는 가운데 선생님의 귀국을 종용하며 자극하였고, 계속해서 작품 활동을 하시기를 간청하였으며, 시집 간행과 함께 미국 생활을 담은 산문집 간행을 부탁드렸다.

그리고 1980년 10월쯤, 플로리다로 이주한 선생님으로부터 육필로 된 수제본 시집이 항공편으로 배달되었다. 선생님이 손수 단 '사슴의 관(冠)'이라는 시집 제호가 붙어 있고 내제지와 목차에 이어 편집과 구성, 배열마저 끝낸 한 권의 완벽한 수제본 시집이었다. 활자 대신 선생님의 육필로 또박또박 기록된 이 귀중한 수제본 시집을 그대로 인쇄소에 내돌리기가 아까워 복사를 하였다. 그 복사된 것을 원고로

삼고『사슴의 관冠』을 제작하였던 것이다.

시집『사슴의 관冠』간행을 계기로 박남수 선생의 시 창작 활동에 중요한 변화가 생기기 시작한 것만은 틀림이 없다. 시단과 인연을 끊고 거의 절필絶筆하다시피 오륙 년을 은둔하셨던 박남수 선생이 다시《문장》데뷔 시절의 문학 청년과 같은 열정을 보이기 시작한 것이 앞서 소개한 편지와 다음의 편지에서 확연히 보인다.

『사슴의 관冠』송고 후 계속 시작詩作에 열중하고 있습니다. 약 6년의 공백에 싸인 감회를 뭣으로든 형상形象하고 싶기 때문입니다. 이제 제법 시고詩稿가 쌓이어 또 한 권의 시집 분량쯤 되는 것 같습니다. 발표할 지면을 염두에 두지 않고 그냥 쓴다는 일은 아마 제가《문장》에 투고하던 무렵 이후 처음 있는 일 같습니다. 어쨌든 한 반년쯤 묵히었다가 다시 들추어 퇴고하면 형들에게 보내겠습니다.

여러 가지로 도움을 주시어 송구할 뿐입니다. 시집도 시집이지만, 이 시집의 간행으로 제가 다시 붓을 들고 지난 몇 달간 시 속에서 살 수 있었던 것은 그 성과를 떠나 제게는 보람 있는 시간들이었습니다. 형이 하시는 일, 무한한 성과가 있으시기를 기원합니다.

끝없는 삶의 유배지를 떠돌던 '남포의 갈매기'가 편히 쉴 안식처는 역시 '시'밖에 없었던가 보다. 굵은 두 개의 돋보기안경을 이마 위로 밀어붙이고 "종해鍾海, 절대로 타협을 하지 마. 종해의 주장이 옳았으니까." 하시며 신념과 용기를 불어넣어준 단 한 사람, 그분이 박남수 선생이다. 초창기 월간 시지《심상》의 편집을 맡아 하고 있던 당시 각 문예지, 신문 등에 실리던 월평月評의 시시비비를 비평하는 '월평의 월평 문제'로 고소 사태까지 확대되었을 때, 모든 사람이 내게 화의和議를 내세웠지만 끝내 꺾이지 말 것을 당부하셨던 분이 바로 박남수 선생이다.

# 나의 문학 요람을 흔들어주었던 이들

나의 첫 시집은 1966년에 간행된 『인간의 악기樂器』가 아니다. 그보다 8년 더 거슬러 올라간 1957년에 만든 단 한 권의 수제본 시집 『흐름』을 나의 첫 시집이라고 한다면 아마 웃을 사람이 많을 것이다. 나 스스로도 전혀 그렇게 생각지 않고 있으니까 말이다. 습작기의 시집 『흐름』은 드러내기 부끄러운 나의 치부에 속한다.

『흐름』은 크라운판 크기의 백상지에 나의 육필 자작시가 25편쯤 수록되어 있고 장정, 그림, 수제본 모두가 아직 문단 데뷔 과정도 거치지 않은 소년 시인이 펴낸 단 한 권의 희귀본 시집이다. 『흐름』의 열렬한 독자도 단 한 사람, 나 자신뿐이다.

손때가 묻어 장정이 훼손될 만큼 나는 이 시집에 매료되어 있었다. 나르시스라는 인물을 읽어본 적도 없으면서 나르시스 그 자체가 되어 있었고, 『흐름』이란 시집의 수면에 내 얼굴을 비춰보고 황홀해했다. 나는 꿈을 꾸고 있었다.

『흐름』에 수록된 작품 가운데 「회춘의 공원」은 국학대학에서 공모한 전국 남녀 고등학생 문예콩쿠르에 투고하여 차석으로 입선하였는데, 그때 선자選者는 서정주 선생이었다. 투고할 때 작자 이름도 익명이었으니까 서울에서 시상식 때 만난 학생문사 이세방, 강우식, 이수화 등도 나의 본명을 기억할 수 없는 것은 당연하다.

시상식 때의 첫 서울 나들이는 내게 큰 상처를 주었다. '세계'를 보았기 때문이다. 그것은 내가 가진 존재의 왜소함을 확대하여 보여주었다. 《현대문학》이라는 순수문예지의 존재도 그때 처음 알게 되었으니까 얼마나 부끄러운 일인가. 처음으로 눈을 뜬 사람에게 보이는 아침의 신비함을 나는 읽고, 마셨다.

나는 부산으로 내려와서 새로 발견한 '세계'로 발을 내디뎠다. 그리고 감추고 싶은 부끄러운 시집 『흐름』을 불살랐다. 그 무렵 고교생이었던 나는 나보다 세 살 위의 한 여자 대학생을 일방적으로 사랑했었는데, 그녀와도 이별을 했고 그리고 나는 삭발했다.

부산대학교의 문학서클 《날개》 동인이기도 했던 그 여자 대학생은 내게 연민의 감정만 가졌을 뿐 나를 사랑의 대상으로 본 적은 없었으나 그녀는 내게 삶의 용기와 희망을 주었다. 그러나 그녀와 헤어졌다.

나는 나 자신을 참담함 속에 가두어 두어야 했다. 형이 다니던 철공소에 나가 노동하면서 나 자신을 학대했다. 부산에서 발행되는《국제신문》독자 투고란에 시와 비평을 투고하여 나의 작품이 활자화되기도 했는데 이때 나의 주소에는 형이 다니는 '대동철공소'라는 이름이 항상 붙어 있었다. 나의 호주머니에는 청산가리라는 극약이 언제나 배수진을 치고 나의 삶을 독려했다.

　그 무렵 내가 문예지에서 탐독했던 작가와 시인들 가운데 서정주와 박목월, 황순원, 김춘수를 나는 좋아했고, 젊은 비평가와 시인 가운데 이어령과 고은을 좋아했다. 특히 이어령과 고은의 문장 화법은 문학 수업기의 나에게 훌륭한 교사 노릇을 해주었다. 고은에게는 문학적 향기가 있었고, 이어령의 산문적 예리함이 나를 끌었다. 문학 교과서의 정석 문장에서는 볼 수 없던 새로운 멋과 맛을 이들의 문장은 갖고 있었다.

　또한 칼릴 지브란의『예언자』와 콜린 윌슨의『아웃사이더』도 내 캄캄한 문학 등대의 빛이 되어주었다. 좋은 문장의 독특한 자기 화법과 표현의 신선한 기법은 문학 수업의 훌륭한 교사 이상의 것이 될 수 있을뿐더러 그 영향도 오래 남아 있다.

문단 데뷔를 겨냥하고 신춘문예와 문예지에 투고하여 몇 차례 낙방의 고배를 마신 끝에 1963년 3월호《자유문학》에 남궁해南宮海라는 이름으로 드디어 나의 시가 당선되었다. 그리고 이해부터 상경하여 나는 가정교사 노릇을 하며, 부산에서 만난 세 살 연상의 여성과 7년간의 연애 끝에 동거 생활에 들어갔다.

　　이후 문단에 갓 데뷔한 젊은 시인들과 어울려 시 동인지 《신년대》를 창간, 남궁해라는 이름으로 처음으로 시를 발표하였다. 《신년대》 창간호의 권두 에세이도 내가 썼는데, 이 글을 읽고 아마 이어령 문장의 아류로 생각한 사람도 있을 것이다. 그만큼 이어령의 독특한 문맥의 체취가 그 글에 배어 있음을 나 스스로 고백하지 않을 수 없다.

　　그러나 이어령 류의 비평과 문장기법에 상당히 비판적 언사를 서슴지 않았던 젊은 문인들도 있었다. 《신년대》 동인들 중 신申과 백白이라는 두 비평가와 60년대 중반에 간행된, 젊은 비평가그룹 정오평단正午評壇의 《비평작업》은 상당히 도전적이었다.

　　그들은 이어령이라는 주목받는 큰 언덕을 극복함으로써 신인으로서의 자기 설 자리를 확보하려는 느낌을 주었다. 정오평단의 필자 가운데 한 사람과 술자리에서 이와 비슷한 이야기를 터놓고 나누었다.

앞서 언급했듯 1965년 《경향신문》 신춘문예에 시 「내란內亂」이 당선됨으로써 나는 필명 남궁해를 버리고 본명 김종해로 컴백했다. 그리고 《현대시》 동인으로 활동하면서 김영태, 정진규, 이유경, 이승훈, 이수익 등과 교유하였다.

고은 시인은 1960년대 중반에 시끌벅적한 무교동 어느 술집에서 만나 뵈었는데, 신춘문예 출신 우리 신인들도 함께 술에 취한 채였다. 이어령 선생은 1970년대 중반 문학사상사 출판사에서 홍기삼의 안내로 인사했다.

고은은 무뢰한 같았고 광기가 번쩍였다. 그런가 하면 이어령은 차가운 유리 같았고, 정감이 없었으며 쏘는 듯한 눈빛을 갖고 있었다. 내가 좋아하던 두 사람에게서 받은 첫인상은 그랬다.

고은은 그래도 인간적인 친근감이 배어 있어 쉽게 어울릴 수 있었으나, 이어령은 차고 너무 딱딱하고 불편했다. 더욱더 힘들었던 건 그의 논리정연하고 해박한 달변이 시작될 때, 저 이야기가 인제쯤 끝날까를 초조하게 기다리며 겪는 불편함이었다. 그리고 그 달변 속에 끼어들지 못하는 나의 어눌한 눌변이 더욱 가시방석을 만들었다.

비평, 소설, 희곡, 에세이 등 문학의 여러 장르를 넘나드는 이어령 문학 가운데 나는 그의 에세이를 좋아한다. 이것은 나의 취향이다.

그는 미세한 것을 놓치지 않는다.

그의 화법은 사물과 존재의 특성을 뽑아서 적재적소에 쓴다. 그리고 상대방을 일깨운다.

알아듣게 한다.

시적인 번뜩임과 예지가 있다.

자기를 깨우치고 일어서게 하는 힘이 있다.

특히 장기간 《문학사상》에 연재된 그의 권두 에세이를 읽어보면 시인이 가질 수 있는 섬세함과 날카로운 감수성, 산문 구조의 언어이면서도 시적인 함축과 깊이를 보여준다. 에세이이면서도 다 읽으면 시의 느낌을 받는다.

이어령이 가질 수 있는 시적 재능과 시인의 재능을 나는 보고 있었다.


《문학사상》에 연재된 권두 에세이, 시를 사랑하고 시인을 깨우는 이어령의 에세이는 그 뒤, 내가 경영하고 있는 문학세계사에서 1982년 『말』이라는 한 권의 단행본으로 출판되어 스테디셀러로 한동안 독자들의 사랑을 많이 받았다.

아울러 나는 그에게 이제 시를 쓰라고 당부하고 싶었다. 에세이로 쓰인 시가 아닌, 시의 이름으로 쓰인 이어령의 시, 이어령의 문학 속에서 그의 시를 읽고 싶었다.

그렇게 이어령의 최초 시집은 나의 권유를 받아들여 2008년 8월 문학세계사에서 『어느 무신론자의 기도』라는 작품으로 간행되었으며 이 또한 많은 독자의 사랑을 받았다. '시인 이어령'이라는 최초의 칭호를 얻게 된 경위다.

# 《현대시》동인들의 젊은 날

1969년《현대시》20집 특집호를 펴내고, 미도파 백화점 옆 소공동에서 기념 촬영을 했다. 오른쪽 사진은 촬영을 위해 동인들이 포즈를 취하고 있는 모습이다.

당시《현대시》동인들의 나이는 20대 후반이거나 30대 초반이었다. 모두 귀때기가 새파란 젊은이들이다. 한국 동인지 사상 초유의 최장수 발행호수를 기록했다 해서 문단이 떠들썩했다. 소공동 사진 촬영에 나온《현대시》동인은 왼쪽부터(시계방향) 오탁번, 주문돈, 박의상, 이유경, 이승훈, 이해녕이며, 한가운데 책을 펼치고 있는 사람이 김종해이다. 사진 촬영에 나오지 못한 동인은 김규태, 정진규, 이수익, 마종하 등이다. 이 사진은《주간경향》사진기자의 연출로 둥그런 폐타이어 안쪽에서 찍은 것이다.

《현대시》는 박남수, 조지훈, 유치환 시인을 편집위원으로 1962년 6월 창간되었고 전봉건, 김광림, 박태진, 김요섭, 허만하 등이 창간 동인이다.

1969년 《현대시》 동인들과 함께

당시 《현대시》 동인들이 자주 모임을 갖던 곳이 광화문 조선일보사 뒷골목에 있던 2층 '아리스' 다방이었는데, 이곳은 《현대시》 동인들의 집회 장소일 뿐만 아니라 박목월, 박남수, 김종삼 시인 등 많은 시인들이 애용하던 찻집이었다.

아리스 다방은 우리 《현대시》 동인들의 젊은 날의 시와 예술의 한 거점이 되어 있었다. 직장 일과가 끝난 저녁 시간에 만나서 우리는 허기진 배를 채우기 위해 무교동으로 진출한다. 무교동 낙지와 조갯국을 안주로 소주잔을 돌리는 동안 우리는 취하고, 우리의 무교동도 취하고, 광화문마저 취한다.

《현대시》 동인들 가운데 가장 주량이 센 사람이 누구인가. 우리들은 제각기 서로 '술 많이 마시고 끄떡없기'라는 주량 자랑을 늘어놓았는데, 실제로 대취할 수 있을 만큼의 술(소주 2홉들이 두 병)을 마시고 광화문의 한 탁구장에서 탁구 게임을 한 적이 있다. 내로라하는 동인들이 모두 탈락하고 끝으로 깡이 센 오탁번과 김종해 둘만 남게 되었다. 약간의 빈틈을 보이는 정도가 있을 뿐, 거의 정상 수준에서 박빙의 게임을 치렀는데 그 탁구 게임에서 오탁번을 제치고 내가 마지막 승자가 되었다. 참으로 치기만만하고 객기 넘치는 게임이었지만 그 일로 나는 《현대시》 동인 가운데 가장 주량이 센 사람이 된 것이다.

그 불온한 게임이 있고 나서 2년 뒤, 나는 주량 자랑을 하지 못하는, 평생의 부끄러운 치부를 내 인생 장부에 기록하게 되었다. 앞서 이야기한, 1971년 종로 2가 중국음식점에서의 시협 행사 뒤풀이 자리 만취 사건이 바로 그것이다.

## 우리의 종로 3가 시절

《현대문학》1992년 4월호를 보면 최하림, 김종해의 상호 인물평이 실려 있다. 짤막한 글이지만 최하림의 소탈한 인물 됨됨이가 재미있게 적혀 있어 그때 내가 썼던 최하림의 인물평을 여기에 전재한다.

"최하림이 지난해 고혈압으로 쓰러진 것은 남들이 말하는 것처럼 결코 술 탓이거나 과로 탓만은 아니다. 내가 볼 때 그는 다른 사람 눈에 보이지 않게 늘 자신 속에 화산을 은닉하고 있는데, 그것이 드디어 내부에서 폭발한 것이 아닌가 한다. 참고 또 참으며 견디어내는 자의 고통을 나는 최하림에게서 늘 읽을 수 있다.

최하림을 처음 만난 것은 1968년 가을, 지금의 교보빌딩 뒤 허름한 목조 건물 2층 어느 다방에서다. 당시 《시학》이라는 새로운 동인 결성을 위해 이성부, 이승훈, 이탄, 김광협 등과 만났는데 그는 조용조용하고, 느릿느릿하고, 앞에 나서지 않으며, 따스했다. 문청 시절의 떠들썩한 패기와 기백을 보이지 않는 점도 좋았지만, 내가 갖고 있는 것들과 익숙하게 통하는 부분도 좋았다.

내가 부산 바닷가에서 자랐듯 그도 목포 바닷가에서 궁핍한 어린 시절을 지냈으며, 최하림이 짧았던 기자 생활을 때려치운 뒤 출판계에 몸담고 오랫동안 출판 관계 일을 해오는 동안 우리는 같은 업계에서 동병상련한 것이다.

그가 창업한 출판사 '열음사'도 당시 종로 3가 단성사 뒤편에 있던 '문학세계사' 임대사무실 안에서 책상을 함께 쓰며 마련된 것이다. 그에게 사업가 기질이나 수완은 없었지만, 치밀한 출판기획 능력이나 출판계의 앞날을 내다보는 출중함은 내게 많은 것을 일깨워주었다.

고혈압으로 쓰러지고 난 뒤 지금은 금주를 하고 있지만, 술자리에서 최하림한테 노래를 시키면 극구 사양하곤 했다. 그는 지독한 음치에다 리듬 감각마저 없다. 그러나 술기운이 오르고 흥이 나면 그의 노래를 들을 수 있었다. 노래만 하는 것이 아니라 일어서서 오른손을 상하로 흔들며 박자를 맞춘다. 그러면 우리는 무척 재미있어하며 박장대소한다.

까치집을 지은 듯한 부스스한 머리털, 그리고 양복 뒤편에 떨어진 비듬 몇 개, 그것은 최하림을 떠올릴 때마다 내 필름 속에 현상되어 나타난다."

최하림의 머리털은 오래 감지 않은 것처럼 부스스하고 말총머리처럼 뻣뻣하게 일어서 있다. 그리고 검다. 거울을 보고 머리를 빗질하거나 옷매무새를 손질하지 않는 그것만큼 그는 항상 온화하고 자애롭다. 그러나 그의 눈빛은 예사롭지 않다 못해 형형하고 강하다. 마치 동학 접주 전봉준의 눈빛을 보는 것 같다. 그가 감추고 있는 혁명, 그것이 눈빛 속에 담겨 있는 듯하다.

최하림을 보면 군사정권, 독재정권 밑에서 핍박받는 지식인의 고뇌를 보는 듯했다. 속내를 좀처럼 털어놓지 않는 그였지만, 눈빛만으로도 그와 나는 의사소통이 되었다. 술집에서조차 우리는 민주니 자유니 민중이니 하는 정치 이야기를 입 밖에 낸 적이 별로 없다. 우리가 겪는 아픔, 슬픔, 그런 것들이 눈빛만으로도 서로 이야기되고, 교감이 되었기 때문이다.

1981년 광주항쟁이 있던 다음 해, 최하림은 근무하고 있던 지식산업사를 그만두고 당시 종로 3가 단성사 뒷골목에 있던 문학세계사 2층 사무실에 나와서 출판기획 일을 도와주었다. 그는 그 무렵 문학세계사에서 시리즈로 간행했던 〈현대시인연구〉의 김수영 평전 『자유인의 초상』을 집필했는데 왜곡된 시대와 현실, 역사의식 속에서 자유로울 수 있는 한 저항적 지식인의 초상을 그려냄으로써 자기 고뇌와 실어증을 우회적으로 보여주었다.

최하림이 문학세계사의 출판기획을 도와주었던 일들 가운데 대표적인 것으로 아동용 〈한국명작문고〉(전13권)가 있는데, 이 책들은 이광수의 『흙』, 김동인의 『운현궁의 봄』, 심훈의 『상록수』, 김구의 『백범일지』, 이인직, 이해조의 신소설 『자유종』, 『귀의 성』과 같은 한국의 현대 명작, 명저들을 어린이의 눈높이에 맞춰 새롭게 엮은 것이다. 이 책은 그해 《한국일보》가 주관하는 한국출판문화상을 수상하기도 했으나, 출판 독서시장에서 20년이나 앞서 나간 기획 탓인지 영업 판매 실적은 신통치 않았다. 뿐만 아니라 제1권으로 간행된 이광수의 『흙』은 납북된 이광수의 작고 연대 미상으로 당시의 저작권 보호기간 30년에 저촉되어, 이광수의 저작권 위임을 받은 모 출판사에 몇 차례 최하림과 함께 불려가 합의를 보는 곤욕을 치르기도 했다. 이 과정에서도 최하림은 남의 일이 아니라 자기 일처럼 끝까지 책임지고 해결하는 성실한 모습을 보여주었다.

그러고 나서 1983년 최하림은 마침내 도서출판 '열음사'를 창립했다. 사무실 임대료를 절약하게 되니 좋지 않으냐며 내가 극구 권해서 문학세계사 사무실을 함께 썼지만, 나는 사실 최하림의 출판기획 도움과 자문을 받는 상부상조의 체제가 더 좋았다. 열음사 이전에는 시인 김원호가 '예전사'를 창립하여 함께 지내다가 출가(?)했기 때문에, 오히려 그 빈 자리를 최하림이 메워준 셈이었다.

얼마 후 문학세계사 위층에 사무실을 마련한 열음사는 새로운 식구들이 한 명씩 늘어났다. 따라서 직원회식 때에는 두 출판사가 함께 가기도 했다. 피카디리극장 뒤 온달면옥의 등심집 혹은 단성사 뒤편의 종삼아구찜집에서 최하림과 나는 소주잔을 권커니 잣거니 했다.

당시 종로 3가에 있던 문학세계사 사무실은 한국시인협회 사무실도 겸하고 있어서 문인들의 사랑방 구실을 톡톡히 했다. 정한모, 김종삼, 김광림, 이형기, 박재삼, 윤재근, 정진규, 이근배, 정규웅, 송영, 이탄, 이건청, 이수익, 김원호, 박현태, 오세영, 김재홍, 김종철 등의 많은 문인들이 드나들었다. 또 각 일간지의 문학 담당 기자들이 무시로 드나들었다. 바둑판과 고스톱판의 장은 날마다 섰고 밤늦게까지 술판이 따로 벌어졌다.

출판사 창립을 한 지 얼마 안 되어 한창 출판 준비로 바쁘게 움직이던 최하림에게는 이 같은 많은 방문객이 방해가 되었을 것이 뻔하다. 대낮에도 술판이 벌어지고, 바둑판이 벌어지고, 고스톱판이 벌어졌으니 말이다. 그러나 최하림은 전혀 내색도 하지 않았을 뿐만 아니라, 오히려 즐거운 표정이었다.

최하림은 바둑도 둘 줄 모르고, 고스톱도 할 줄 모르는 숙맥이었다. 그럼에도 그는 어깨 너머로 바둑판을 들여다

보고 있었고 고스톱꾼들 뒤에 앉아서 그들이 내질러대는 판소리 같은 도색 언어나 유머, 외설 은어를 알아듣고는 함께 박장대소하였다. 어쩌다가 고스톱판에 후배 문인들과 함께 참여한 정한모 선생이 판에 두 장 남은 화투를 치고 판쓸이를 하면, 구경하고 있던 후배 문인들이 "절묘하다", "예술이다"라고 칭찬을 해대곤 했다. 그러면 또 다른 후배 문인이 그 말을 받아 "예술지원금을 받아야 하지 않겠습니까?"라고 해서 웃음판이 터졌다. 정한모 선생은 당시 문예진흥원 원장으로 재직중이었다. 최하림은 화투도 치지 않으면서 그러한 격의 없는 자리를 즐겼다.

또 한쪽에서 벌어지는 윤재근, 송영, 이근배의 바둑판 대결도 열기가 뜨거웠다. 저녁 7시에서 8시 사이, 부산했던 판은 예외 없이 거두어지고 고스톱판과 바둑판에서 딴 돈과 판돈은 술자리의 공익 자금으로 희사되어 술판이 벌어지고, 노래판이 벌어졌다. 김광림, 이형기 선생도 자주 문학세계사 사무실을 들렀는데, 문인들의 이러한 격의 없는 자유분방함을 매우 재미있어하였다. 고스톱을 함께 했던 정한모 선생이 차례가 와서 무엇을 칠까 망설이는데, 곁에 있던 박현태 시인이 느닷없이 "선생님, 똥 잡수이소, 똥!" 하는 바람에 모두가 웃음을 참지 못한 적도 있있다.

최하림도 이런 분위기를 매우 즐거워하였다. 밤늦게까지 2~3차의 술판이 벌어져도 그는 자리를 뜨지 않았다. 끝까지 남아서 술잔이 돌아오면 사양하지 않고 술잔을 받았고, 노래 차례가 돌아오면 어김없이 일어나 오른손을 위아래로 흔들며 박자를 맞추는 가운데 음치에 가까운 노래 솜씨를 보였다.

그러나 술자리에 함께 있던 나는 최하림의 노래가 최고의 가수가 부르는 노래보다 더 정겨웠고 그 노래가 술자리의 열기와 흥을 돋우는 것을 느꼈다. 최하림의 말에 의하면 자신은 어릴 때 노래를 무척 잘했는데 목사님(?)인가 누군가가 노래 부르는 것을 나쁜 일이라고 해서 그 이후부터 모범생답게 아주 안 불렀더니 그렇게 되었다는 것이다. 시인으로서 출판인으로서 함께 어려운 한 시대를 살아가는 전우이며 친구인 최하림이 더 정답게 느껴졌다.

우리가 날마다 뭉치며 지냈던 종로 3가 시절, 나는 술 때문에 최하림에게 뜻밖의 실수를 하고 말았다. 한양대 교수로 재직중이었던 이건청이 고향인 경기도 이천 쪽에 야산 임야를 사서 움막집 같은 별장을 지어놓고 우리를 초대했을 때의 일이다.

가을 무렵이어서 천렵도 하고, 밤도 따고, 이천 쌀로 빚은 밀주 맛도 보라고 이건청이 우리를 불렀다. 정진규, 최하림, 나, 이탄 등이 함께 일요일 나들이를 즐겼다. 그런데 문제가 생겼다. 이천 쌀로 빚은 막걸리를 마셨는데 그 술맛이 유년 시절 부산 우리 집에서 몰래 빚어 팔던 밀주 맛과 같았던 것이다. 그날 나는 막걸리 맛에 홀딱 빠져서 대낮부터 저녁 무렵까지 술독을 거의 비우다시피 하였고, 남은 밀주마저도 병에 담아가고 싶다고 이건청에게 부탁했다.

　맑은 가을 하늘이 비틀거렸고, 멀리 들판으로 이어진 하얀 길은 더욱 굽어져 보이는 저녁때, 서울로 돌아가기 위해 승용차를 타야 했는데, 나는 대취해 있었다. 하늘이 보내준 좋은 친구들, 또 풍요롭고 은혜로운 가을, 술취한 기분에도 내 속에 떠오르던 말들은 이런 고마움이었을 것이다. 서울로 가는 승용차의 뒷좌석에는 최하림이 먼저 타고 있었는데 나는 느닷없이 최하림 옆에 앉으면서 그에게 키스를 하였다. 얼마나 징그러운 일인가. 그러나 최하림은 그런 표정을 짓지 않았고 뿌리치지도 않았다. 그러고는 다른 친구들더러 들으라는 듯이 웃으며 더 크게 소리쳤다. "김종해가 내게 입을 맞췄는데 혀가 쑤욱 들어오더라." 그 자리에 있었던 친구들의 놀림감이 된 것은 물론이고, 아우 김종철 시인은 뒷날까지도 틈만 나면 내게 별명을 지어 불렀다.

　"김추타이(추태)."

# "신생님, 똥 잡수이소, 똥!"

— 문인들의 아지트, 문학세계사

을지로 2가 지업상 골목을 끼고 장교동과 수표동이 있었는데, 1979년 문학세계사가 두 번째 이사를 한 곳은 이 수표동 골목이다. 지업상 2층 문학세계사의 작은 사무실을 쪼개어 작가 집필실이 마련되어 있었는데, 이곳에 시인 정한모, 김광림, 이형기, 정진규, 이근배, 허영자, 이탄, 박현태, 신달자, 유안진, 이건청, 김종철 등과 작가 송영이 자주 드나들었다. 송영은 문인 가운데 최고의 바둑 실력을 뽐냈는데, 이 방면의 실력자인 이근배 시인과 내기 바둑을 두었고, 나머지 시인들은 술내기 고스톱을 치며 술판을 벌였다. 허영자 시인이 가끔 들러 담배 연기가 꽉 찬 소굴의 창문을 열어젖혀 환기를 시켰다.

수표동에서 종로 3가 봉익동으로 문학세계사가 다시 이전했을 때는 한국시인협회 사무실을 겸하고 있었다. 봉익동 시절엔 시인 김광림, 이형기, 박재삼, 정진규, 이근배, 김제현, 김원호, 이탄, 최하림, 권오운, 박건한, 장석주 및 문학평론가 윤재근과 정규웅, 작가 송영, 김원일, 김용성 등과

일간지 문학 담당 기자들이 사무실에 상주하다시피 하였다. 특히 《조선일보》, 《중앙일보》, 《동아일보》, 《경향신문》 기자들은 오며 가며 차도 마시고 문인들과 친교를 나누었다. 문단의 사랑방이 자리했던 종로 3가 그 시절, 웃음이 가득했던 날들을 다시금 떠올려본다.

바둑과 고스톱과 술판은 그칠 날이 없었고, 만나면 즐거웠다. 고스톱을 막 배우기 시작한 정한모 선생에게 박현태 시인이 옆에서 훈수를 두었다.

"선생님, 똥 잡수이소, 똥!"

좌중은 웃음판이 되었다.

이런 판에 가끔 김종삼 선생이 나타나서 종이쪽지에 자필 메모된 '용돈'을 타가기도 했다. "극비리에 4천 원만 융자해주시면 활력소가 되겠습니다…… 좀 긴박합니다." 쪽지에 메모된 내용이다.

미국으로 이민을 떠났던 원로시인 박남수 선생도 귀국하면 이곳에 들러 후배 시인들과 회포를 풀었다. 최하림 시인의 출판사 '열음사', 김원호 시인의 출판사 '예전사'도 잠시 둥지를 틀었던 곳, 1980년대 후반까지의 '문학세계사' 흑백 사진에 찍힌 그 시절 추억의 한 풍광이다.

'지봉池峯'이라는 아호에 대하여

 

'출판도시활판공방'의 김종해 시선집 『누구에게나 봄날
은 온다』(2008)의 머리글 말미에는 '지봉池峯'이라는 낯선
아호가 실려 있다. 부끄럽게도 맨 처음 활자화해서 써본 아
호이다. 남들 따라 해보는 아호 쓰기가 싫고 부끄러웠지만,
이 시선집 머리말에 대담하게(?) 사용한 것은 이 아호에 얽
힌 감추어진 내력도 이젠 스스로 밝혀야 할 것 같아서다.

1963년 《자유문학》, 1965년 《경향신문》 신춘문예 당선
으로 2009년은 시단 등단 46년째가 되던 해이다. 1960년
대 초·중반을 지나며 시작詩作 활동을 통해 많은 젊은 시인
들과 친교 관계를 가졌는데, 그 가운데 《현대시》 동인회의
정진규 시인, 《신춘시》 동인회의 이근배 시인과는 각별한
사이가 되었다. 이 두 시인은 한평생의 시우詩友이기도 하
지만 나의 삶과 인생의 주요한 도반道伴으로 생각한다.

이들은 젊어서부터 나를 '땡삐(땅벌)'라 불렀다. 당시 정
치 현실의 비정秕政을 가차없이 질타하고 꼬집는 의기義氣
는 물론, 남들의 잘못을 제일 먼저 짚어내는 어리석음을 내

가 버릇처럼 입에 달고 다녔던 탓이다. 남들보다 약 3초간은 먼저 빠르게 쏜다고나 할까. 참지 못하고 내 입이 빚어내는 재앙과 구설수는 나를 위축시켰고 그로 인한 정신적인 피해는 실어증 증세로 나타나기도 했다.

이후로도 정진규, 이근배 두 시인은 계속해서 나를 '땡삐'라 부르며 의미 있는 시선을 주고받는 가운데 빙긋 웃곤했다. 그 '땡삐'라는 말이 듣기에 나쁘지는 않았다. '3초 뒤의 느린 반응'이 내게도 세상살이에 약이 되기 때문이었다.

오랜 세월이 흐른 뒤 중견 시인에서 중진 시인의 연륜이 쌓일 무렵, 후배 시인들과 제자 시인들도 많은 어느 시단의 행사장에서 정진규, 이근배 두 시인은 나를 '땡삐'에서 '지봉 선생'으로 격상시켜주었다. 이들에 의해서 나는 '경산綑山 정진규', '사천沙泉 이근배'에 이어 '지봉地峯 김종해'가 되었던 것이다.

그러다 오륙 년 전, 재치 있는 유머와 우스갯소리를 곧잘하여 주위를 즐겁게 하던 유안진 시인이 '지봉'의 한자음에 땅 지地 자가 들어가는 것은 아호로 적절치 못하다고 하면서 못 지池 자와 산봉우리 봉峯 자가 좋을 듯하다고 교정해주었다. 시인들의 사랑과 우의를 받아들여 나는 '지봉'이라는 아호를 확정케 되었다. '땡삐'에서 '지봉'으로 환골탈태한 것이다. 고마울 따름이다.

## 시인과 요리사

하루 가운데 술을 마시거나 술을 마시고 싶은 시각을 술시[酒時]라 한다. 나는 혼자서 술시를 정해놓고 술을 마신다. 대개 저녁 5시에서 7시, 황혼 무렵이 그 시각이다. 술시를 위해 차려지는 술과 안주는 날마다 다르다. 그날 있었던 일들과 스쳤던 사람과의 얼룩을 마음속으로 닦아내고 정리하면서 독주毒酒와 감주甘酒를 선택한다. 또 술의 종류에 따라 그 술과 궁합이 맞는 안주를 선택한다.

아내는 술상 차리는 일을 아예 거부한다. 아내는 내가 날마다 술 마시는 것을 싫어한다. 칠순을 넘긴 가장家長의 건강을 위해서란다. 그러나 술상 차리는 일 때문에 아내와 티격태격 다투는 일은 없다. 시장에 가서 내가 직접 장을 본 뒤 싱싱한 안줏감들을 조리대 위에 풀어놓고 요리사 못지않게 손수 요리를 하기 때문이다.

술시가 가까워져서 오늘은 막걸리를 마셔야겠다고 생각하면, 궁합이 맞는 안주는 멍게, 농수산물 시장으로 차를 몰고 가서 해삼과 멍게, 생물 오징어를 사온다. 해삼 배를 칼로 가르고 토막내고, 통멍게의 속살을 끄집어내고 씻어서 접시에 담는 일은 기본, 펄펄 끓는 물에 생물 오징어를 데쳐서 먹기 좋게 숭숭 썰어놓는다. 초고추장에 듬뿍 찍어서 한입 먹으면 막걸리는 오히려 향기롭다.

초고추장 하나가 입맛을 가른다. 내가 만든 '아버지표 초고추장'은 주변의 대다수 친지들도 감탄할 만큼 맛있는 명품 초고추장으로 평가를 받았다. 초고추장 만들어내는 방법은 어렵지 않다. ① 입이 넓은 큰 사발에 순천 고추장 절반을 넣고 ② 그 위에 식초 작은 병의 1/4을 붓고 숟가락으로 묽어질 때까지 젓는다. ③ 껍질을 깐 생마늘 네 조각을 칼로 잘게 다져 넣고 ④ 깨끗이 씻은 어린 파의 흰 부분만 잘라 잘게 썰어 넣는다. ⑤ 친환경 매운 청양고추 네 개도 잘게 썰어 다져 넣는다. ④ 찻잔으로 설탕 반 컵을 쏟아 넣고 잘 섞이도록 휘젓는다. 너무 빽빽하다 싶으면 묽어질 때까지 식초를 좀 더 붓는다. 쏟아 넣은 첨가물이 골고루 잘 섞이도록 휘젓는다. 이때 맛을 보아서 식초 맛이 강하게 나면 설탕을 좀 더 집어넣고, 단맛이 강하면 식초를 조금 더 넣어 맛을 조절할 수 있다.

완성된 초고추장은 시고 맵고 달면서도 입안에서 산뜻하게 씹히는 파와 매운 고추 맛이 식욕과 술맛을 자극한다. 완성된 초고추장은 냉장고 빈 유리병에 넣어두고 뚜껑을 닫아두면 두고두고 새 맛으로 먹을 수 있다.

1998년 여름, 김남조, 정진규, 이근배, 유안진 시인과 함께 시문학 행사 초청을 받고 미국 LA 지역을 방문했다. 행사를 끝내고 LA 지역 한인 문인들과 어울려 캘리포니아 인근 호수와 온천 지역, 요세미티 등을 함께 여행했다. LA 문인들이 준비해온 음식의 대부분은 한식 식자재였다. 그 가운데는 냉동된 커다란 송어 한 마리도 있었다. 칼날도 먹지 않는 얼어붙은 송어를 요리하기 위해 내가 나섰다. 준비해간 식자재를 점검해보았더니 '초고추장'을 만들 재료가 모두 구비되어 있었다.

우선 요리사는 손을 씻었다. 그리고 칼질을 하였다. 대부분이 여성들인 관람자들은 요리사에게 호기심을 갖고 있었다. 맨손으로 초고추장을 만들고, 맨손으로 어렵게 송어를 칼질하여 생선회를 접시에 담아냈다. 손으로 송어회를 초고추장에 찍어 우선 김남조 선생의 입에 넣어드렸다. "정말 맛있네요." 적극적인 인사였다. 신출내기 요리사는 빙 둘러서서 지켜보고 있는 관람자들에게 차례차례 모두 한 입씩 먹였다.

시고 달고 맵고 후련하기까지 한, 입안에서 자디잘게 어금니에 씹히는 청양고추와 잔파들의 맛은 송어회의 살 맛을 더욱 맛깔스럽게 한다. 빙 둘러서서 맛을 본 시식자들이 요리사에게 보내는 찬사가 의례적인 것이 아니라는 것을 나는 안다. 그들은 시인으로서 나의 시에 대한 찬사보다 요리사에게 보내는 찬사에 더 힘을 실었다.

정진규, 이근배 시인은 그전부터 시인 요리사의 솜씨를 익히 알고 있던 터라 빙긋이 웃고만 있었다. 신출내기 요리사가 펼치는 맛의 쇼를 즐기고 있었다.

진주에서 양봉업을 하고 있는 이종만 시인이 통영에서 잡힌 바닷장어를 화물편에 원주 치악산으로 보냈다. 계곡물이 맑게 흐르는 치악산 근교에서 우리는 1박 2일의 등산 겸 오지 여행을 했는데 산속에서 바닷장어를 양념 발라 숯불에 구워 먹기로 했다.

일행은 시인 황동규, 정진규 등과 작가 한승원, 변호사 전원책, 이종만 시인 등 예닐곱이었다. 일행 중 먼저 도착한 일진이 짐을 풀고 숯불을 피웠다. 요리 장만은 내가 도맡아 했다. 집게며 칼, 가위 따위의 구이 도구가 뒤따라오는 2진 일행의 짐 속에 있었지만 기다릴 겨를이 없었다. 맑은 계곡에 손을 씻고 맨손으로 바닷장어 초벌구이를 하고, 초벌 익은 바닷장어에 다시 앞뒤로 양념을 발라 구웠다. 숯불에 양념 바닷장어 굽는 냄새는 비어 있는 뱃속을 자극했다. 나뭇가지를 꺾어 젓가락 대용으로 쓰면서 양념 바닷장어를 뒤집고 또 뒤집었다. 다 익은 장어를 한승원 작가에게 내밀었더니 냉큼 받아먹었다. 맛있다는 소리와 함께 음식 앞으로 바짝 다가섰다.

그러나 황동규, 정진규 시인은 손바닥으로 양념을 발라 구운 바닷장어가 몹시 불결하다는 듯 외면했다. 집요하게 정진규 시인에게 다시 권했다. 일단, 입에 넣어보고 맛이 없으면 뱉어내라. 바닷장어를 입술 끝으로 먹는 시늉을 하던 정진규 시인의 눈빛이 금세 달라졌다. 음식 앞으로 바싹 다가와 식탐을 내듯 먹는 정진규 시인을 보고 황동규 시인도 마지못한 듯 장어 한 조각을 집었다. "음, 맛있네." 구워놓은 장어는 순식간에 동이 났다.

숯불 위에 다시 바닷장어를 올렸다. "소주, 소주 없어?" 다급하게 외쳤다. 그러나 소주는 뒤따라오는 2진 일행의 짐 속에 있었다. 급한 대로 계곡 아래쪽으로 내려가 다른 일행에게서 소주 다섯 병을 빌려왔는데, 눈 깜짝할 사이에 그것마저 사라졌다. 혀끝을 매혹시킨 안주, 입에 달라붙는 맛있는 요리 앞에서 소주는 술이기를 포기하고 한갓 갈증을 푸는 생수일 뿐이었다.

맛있는 요리는 먹고 난 뒤 네 시간 동안 그 미각이 몸속에 녹아 있다. 그러나 맛있는 시는 섭취한 지 1년이 지나도록 그 향기가 몸속에서 사라지지 않는다. 끼니때마다 같은 음식을 먹게 되면 몸은 그 음식에 물리지만, 맛있는 시는 먹으면 먹을수록 공복이 된다. 나는 요리사도 지향하고 시인도 지향한다.

음식이든 시든 사라지지 않는 것도 필요하지만 사라지는 것 또한 필요하다. 우리의 마음과 정신 속에서 사라지지 않는 일용의 양식, 시는 그 영원성을 추구한다. 시의 영원성과 함께 있는 시인을 나는 하례한다.

# 신新 실크로드의 음식기행
— 세계 곳곳의 음식을 맛보다

40여 명의 문인을 초청한 '대우의 세계경영' 참관단에 참여할 것인가 말 것인가를 놓고 며칠 동안 나는 고심하였다. 대우가 설립한 해외공장 투어의 틀에 짜인 일정도 그렇지만, '부자가 선심 쓰는 해외여행에의 초대'가 꺼림칙했기 때문이다. 그러나 그 꺼림칙함을 누르고 따라나선 것은, 아직 가보지 않은 새로운 도시, 하노이와 타슈켄트를 비롯하여 안디잔, 바르샤바, 프라하, 부카레스트, 부다페스트 등 동구의 사회주의 도시가 며칠 동안 나를 유혹했기 때문이다. 결국 16일간의 대장정이 끝난 후, 나는 내가 가진 봉건주의자의 기우가 말끔히 걷히는 것을 깨달았다.

대우의 세계경영, 그곳에는 대우가 개척한 세계의 신新 실크로드가 있었고, 한국인의 끈질긴 땀과 눈물이 있었다. 한국 경제의 내일을 떠받치는 새로운 비전이 보였다. 한국인으로서의 자긍심을 심어준 이 여행을 통해 당시 나는 세계 곳곳에 심어놓은 대우의 투자가 빠른 시일 내 큰 과실로 열매 맺기를 기대해도 좋을 것으로 확신했다.

음식 가려먹기, 편식가로 소문난 사람 중에 둘째가라면 서러워할 사람이 바로 나다. 해외여행을 갈 때는 꼭 고추장과 밑반찬, 라면을 가방 가득히 채워서 나선다. 김포공항을 떠날 때는 여행가방이 만삭이 되어 있지만, 귀국할 때는 오히려 홀쭉해져 있다.

지금까지 해외여행을 하면서 음식 때문에 고생하고 고문을 받았던 나라는 인도와 튀르키예, 중국이다. 여행을 하는 동안 그 나라 고유의 음식을 모험 삼아 시식해보기도 하지만, 십중팔구 입속에 넣었던 것을 몰래 뱉어낸다. 비릿한 향료 때문이다. 1981년 여행했던 인도에서는 3일 동안 거의 먹지 못했는데, 나중에는 빵에다 고추장을 발라 먹었다. 마침 이를 보고 있던 작가 박범신이 "형, 뭘 그렇게 맛있게 먹고 있소?" 하고 물었다.

"응, 잼이야."

"아닌 것 같은데?"

나는 그에게 고추장을 조금 덜어주었다. 곁에 있던 정규웅, 한수산도 고추장을 달라고 그런다. 빵에다 고추장을 발라 먹으면 미각을 자극하는 고추장 특유의 매운맛에 입속의 비릿함이 가셔서 빵을 맛있게 삼킬 수 있다.

이렇게 3일 동안 호텔에서 아메리칸 브랙퍼스트의 빵에다 고추장을 발라 먹다가, 뉴델리의 한국 대사관 초청 식사를 하게 되었다. 서울에서 공수된 순 한식 양념으로 만든 한식 한 끼를 달게 먹고 나는 남몰래 눈물을 훔쳤다. 음식 한 끼의 은혜로움과 감사한 마음 때문이었다.

이런 일이 있고 난 뒤부터 나의 해외여행 가방은 김포공항 출국 때부터 밑반찬과 라면 등으로 배가 불룩한 만삭 가방이 되어갔던 것이다.

중국을 여행할 때는, 저녁 한 끼는 반드시 라면으로 때웠다. 준비해간 커피포트로 물을 끓여 컵라면에 부으면, 3~4분 뒤 얼큰한 라면을 달게 먹을 수 있다. 서울에 있을 땐 거들떠보지도 않던 라면이다.

그러나 점심때는 관광을 하면서 이동 중인 경우가 대부분이기 때문에 그럴 수 없다. 일행들과 함께 중국음식점에 갔을 때의 일이었다. 냉수 두 컵으로 잔뜩 배를 채우고 비위에 맞는 음식이 뭐 없을까 하고 빈 젓가락으로 기웃기웃하던 중 어디서 시장기를 자극하는 불고기 냄새가 났다. 식탁 한가운데 불이 피워져 있고 쇠붙이 불판 위에 불고기가 익어 얹혀 있다. 젓가락으로 잔뜩 집어 입에 넣으려고 하다가, 이상한 느낌이 들어 곁에 있던 중국 동포 시인에게 물었다.

"이게 무슨 고깁니까?"

"예, 이곳에서 제일 유명한 단고기입니다."

"단고기라니요?"

"아, 그 개고기……."

자랑스럽게 말하는 그의 첫마디 말이 떨어지기가 무섭게 나는 젓가락으로 집은 유일한 그 음식을 도로 제자리에 갖다 놓았다.

"저희 집안에서 먹지 않는 음식이라……."

정중하게 그이에게 사죄했다.

음식에 관한 이런 비례非禮와 편식의 전과가 있는 나에게 '대우의 세계경영' 세계 음식문화에 대한 필자 선정은 처음부터 잘못되었다 할 수 있다.

이번 여행에서도 예외 없이, 나는 음식 무장(밑반찬, 고추장 등)을 했다. 그러나 가급적이면 그 나라 음식과 친숙해지기로 작정하였다.


1997년 1월 7일, 우리 여행의 첫 기착지는 베트남 하노이였다. 도시는 어두웠고, 아직도 잠을 덜 깬 모습이었다. 베트남에 대한, 그들 인민에 대한 우리의 인사는 과거 베트남전의 한국 참전에 대한 한국의 '유감' 표시였고, 새로운 선린에 대한 기대감이 있다. 그러나 다행한 것은 대우가 이런 국가 간의 민감한 사안을 민간 외교로서 잘 매듭짓고 있다는 점이었다.

정희자 회장에 의해 1995년 10월 하노이에 세워진 유일한 특급호텔 '대우 하노이 호텔'의 아침 식사 뷔페는 한국인의 식성에 맞춘 듯하였다. 안남미 참치죽과 콩나물, 미역국, 깍두기, 오이소박이, 김, 국수 등이 있어 입맛이 났다. 저녁에 먹은 중국 음식도 향료와 기름기가 없어 그릇을 비울 수 있었고 마지막에 나온 짜장면도 서울에서 먹던 옛날 짜장의 맛을 느낄 수 있어 그릇을 다 비웠다. 하노이의 비담코VIDAMCO 공장, 오리온 하넬HANEL 공장의 베트남 근로자들이 가장 좋아하는 한국 음식은 뜻밖에도 불고기나 김치가 아닌 삼계탕이란다.

대우 김우중 회장의 초청 오찬도 대우 하노이 호텔의 자스민룸에서 가졌는데 정통 베트남 음식이 차려져 있었다. 열대 식물 잎사귀로 싼 생선이 나왔는데 비위에 거슬리고, 향료가 들어 있었다. 큰 새우(대하)가 먹음직스러웠으나 쫄깃쫄깃한 맛이 없고 퍼석퍼석하였다. 김우중 회장이 먼저 손으로 새우 껍질을 뜯는 것을 보고 일행도 따라서 손으로 새우 껍질을 벗겨 먹었다. 손가락이 지저분하게 되었음은 말할 것도 없다.

오찬을 하면서 김우중 회장에게 물었다. "세계 여러 나라를 여행하다 보면 음식이 입에 맞지 않아 난감할 때도 있을 법한데 어떻습니까?" 김 회장은 "한국을 나와 벌써 9개월 동안 외유하고 있지만, 음식을 가리지 않기 때문에 별 불편을 느끼지 못했습니다."라고 말했다. 세계 곳곳의 현지 음식을 마음껏 누릴 수 있다는 것은 얼마나 복된 일인가.

하노이에서 160킬로미터쯤 떨어진 해역 하롱베이에서 기기묘묘한 모양으로 떠 있는 3천여 개의 섬과 하노이 호치민 묘, 문묘, 재래시장을 관광하고 하노이의 대우 공장들을 사흘에 걸쳐 둘러본 뒤 일행은 인도의 델리행 비행기에 올랐다.

우즈베키스탄 항공이었다. 비행기 안에서는 비리고 역한 냄새가 풍겼다. 기내식으로 제공된 생선 통조림에서 나는 냄새였다. 크리넥스로 음식을 덮어버린 나와 달리 아동문학가 손춘익은 식성 좋게 잘 먹었다. 15년 전 인도에서의 음식 고행이 문득 떠올랐다. 마른 빵에다 고추장을 발라 겨우 그것만 먹고 토마토로 입안을 씻었던 기억…… 중앙일보 이경철 기자가 건네준 위스키로 뒤집히는 속을 달랬다. 나는 너무 병적인 민족적(?) 편식주의자인가. 간밤에 잠을 이루지 못했지만 기체의 엔진이 깨어 있는 것처럼 술에 약간 취해 있는 나도 줄곧 깨어 있었다.

1월 10일, 델리의 DCM 공장을 방문하고, 같은 날 우즈베키스탄의 타슈켄트에 도착했다. 타슈켄트는 도로가 넓고 인적이 드물고 어두웠다. 저녁 늦게 나보이 극장 안에 있는 해진 뷔페에서 참치, 연어회, 모밀국수, 생선초밥을 아주 맛있고 달게 먹었다. 극장은 대리석으로 탄탄하게 지어진 특징 있는 건물이었는데, 그곳의 공식 명칭은 '나보이 국립

오페라 발레 극장'이다. 일본군 전쟁포로들을 강제 노역시켜 건립했다는데, 1966년 타슈켄트에 진도 8의 대지진이 강타했을 때 모든 건물은 쑥밭이 되었지만 이 건물만은 멀쩡했었다고 한다.

1월 11일, 천산산맥, 파미르고원이 인접해 있고 목화생산지로 유명한 안디잔으로 갔다. 비행시간은 45분 정도. 안디잔에 있는 '우즈-대우 오토'를 방문하고 그곳에서 점심으로 양고기 불고기를 먹었는데 전혀 노린내가 나지 않아 소고기 불고기로 착각할 정도였다. 이곳에서는 돼지고기가 가장 비싸고 그다음이 양고기로, 소고기는 가장 값이 싸다고 한다. 각종 양념은 컨테이너로 한국에서 직송해 온다는데 청국장, 명탯국은 감칠맛이 있었고 돼지고기 보쌈과 상추, 마늘, 마늘종을 된장에 찍어 먹는 맛은 서울의 '맛집'과 견줄 만했다. '우즈-대우 오토' 한국인 근로자를 위한 숙소의 식당에서 고려인 요리사가 만든 음식이다. 이곳에서 근무하는 노동력의 대부분이 우즈베크인이지만, 고려인 근로자가 15명 정도 된다고 한다.

저녁때는 고려인이 경영하는 삼양 레스토랑에서 우즈베크식 만찬을 들었다. 손으로 뜯어 먹는 크고 둥근 빵과, 평소 꺼려하던 말고기, 양고기, 돼지고기가 연하고 부드러워 맛있었고, 설렁탕 국물 비슷한 고기 우려낸 국물에 만두를 넣은 만둣국도 좋았다. 우즈베크 처녀들의 춤과 노래가 곁들여진 극장식 쇼도 만찬 분위기를 즐겁게 달구었다. 이날 밤 홍상화, 서종택, 김종철, 박호영 등과 함께 타슈켄트 시내로 진출, 한국인이 경영하는 가라오케에 가서 술을 마셨는데, 종업원은 20대의 아리따운 우즈베크 여성으로 한국의 최신 유행곡 대여섯 곡을 모두 우리말로 유창하게 불러서 일행들을 놀라게 했다.

1월 12일, 타슈켄트에서 런던으로 가는 비행기 안에서는 대우 측이 준비해온 도시락을 먹었다. 기막히게 입맛에 맞았다. 타슈켄트의 한식당에서 주문한 생선초밥과 김밥이었는데 간장에 찍어 먹는 맛은 식탐을 낼 만한 것이었다. 얼마 뒤에 나온 기내식은 거들떠보지도 않고 거절한 것은 당연했다.

1월 13일, 런던으로 예정되어 있던 도착지가 지독한 안개 때문에 변경되어 대신 맨체스터에 기착하게 되었다. 밤 안개 속에 버스 편으로 네 시간 넘게 런던으로 이동, 옛 영주가 살았다는 고풍스러운 사우스 롯지 호텔에서 자는 둥 마는 둥 하다가 아침에 깔끔한 입으로 잉글리시 브랙퍼스트를 먹었다. 메뉴는 오믈렛, 감자, 소시지, 버섯으로 그런대로 먹을 만했다.

런던 개트윅 공항에서 전세기 편으로 벨파스트로 이동, 벨파스트의 '향항香港'이라는 중국음식점에서 점심을 먹었는데 국물이 있는 완탕과 새우, 생물 오징어 등의 해산물과 소고기볶음 등 대체로 느끼해서 소화가 잘 되지 않았다. 전세기로 벨파스트에서 룩셈부르크로 이동.

1월 14일, 룩셈부르크 호텔 식당에서 빵과 버터, 치즈, 우유, 소시지, 과일로 아침 식사를 했다. 서울에서 준비해간 밑반찬의 신세를 지지 않아도 될 만큼 음식 적응이 돼가는 것일까. 나는 잘 먹고 있었다. 이날 하루 동안 유럽의 5개국을 넘나들었는데, 프랑스의 지방도시 롱위에 있는 대우전자 TV 공장, 오리온 CPT 공장을 둘러보고, 오는 길에 버스 편으로 인접국 벨기에를 통과하여 다시 룩셈부르크로 왔으며 전세기 편으로 체코의 프라하, 폴란드의 크라쿠프로 날아간 것까지 모두 5개국인 셈이다.

체코의 프라하, 〈프라하의 봄〉에서 보았던 바츨라프 광장이 낯익은 모습으로 눈과 얼음에 덮여 있었다. 거리를 산책하며 광장 길거리 노점에서 맥주와 핫도그를 사 먹어봤는데 핫도그 맛이 일품이었다. 많이 먹어도 물리지 않는, 고소하고 담백하고 부드러운 맛이다. 프라하를 출발해서 폴란드의 크라쿠프에 도착.

1월 15일, 600년 전 폴란드 옛 왕궁의 수도이며 예술의 중심지인 크라쿠프를 둘러보았다. 문화, 예술, 학문의 정신적 지주가 된 도시 크라쿠프, 1996년 노벨문학상 수상자 쉼보르스카의 고향, 바오로 교황의 출생지 크라쿠프. 안개와 눈 때문에 모두가 하얗다. 신비스럽다. 반짝반짝 빛나는 천사의 도시 같다. 미끄러운 눈길을 조심조심 걸어가는 버스는 크라쿠프역으로 간다.

안개 때문에 비행기는 결항되고, 기차를 타고 일행은 바르샤바역에 도착, 쉐라톤 바르샤바 호텔에서 폴란드 주재 대우 측이 마련한 만찬이 있었는데 폴란드 성악가들의 공연과 폴란드 어린이들(대우 FSO 공장 폴란드 근로자의 자녀)의 민속춤 공연이 있었다. 어린이다운 미숙한 춤동작이 웃음을 자아내 재미있었다. 버섯요리, 바닷가재와 생선요리, 비프스테이크 등의 최고급 요리가 나온 만찬 음식은 풍족했고, 삼 분의 일 정도로 조금씩 맛을 보았음에도 배가 불렀다. 편식증이 있는 내게도 편안한 맛을 주었다.

1월 16일, 대우 FSO 공장 투어를 하고 공장 구내식당에서 점심 식사를 했다. 한국인 요리사가 직접 만든 한국 음식을 폴란드 근로자들이 먹고 있는 것이 보인다. 진기하다. 메뉴에는 폴란드 음식이 따로 있지만, 폴란드 근로자들이 한국 음식을 선호하고 있다고 한다.

저녁때는 바르샤바에 진출해 있는 우리 음식점 '한국정'이라는 레스토랑에서 식사를 했다. '한국정' 주인은 6개월 전 부산에서 바르샤바로 와 한국 식당을 열었다는데 한식의 독특한 맛을 그대로 살려내고 있었다. 특히 가오리와 주꾸미를 초고추장에 야채와 함께 버무린 맛은 일품이었다. 김치찌개, 두부를 넣은 된장국도 수준급이었다. 밤 9시가 넘어서 숙소를 나와 바르샤바 중심거리에 있는 나이트클럽 '아레나'를 둘러보았다.

1월 17일, 아침 9시 바르샤바 공항 이륙, 루마니아의 부카레스트 공항 도착. 다시 크라이오바 로데 공장 투어가 있을 예정이었으나 기상 악화(안개)로 비행기가 뜨지 못했다. 덕택에 버스를 타고 부카레스트 시내 관광을 하며 차우세스쿠 궁(인민궁전)과 엘레나 궁을 보았다. 독재자 차우세스쿠가 죽고 난 뒤 차우세스쿠 궁은 연회장으로 탈바꿈하여 지금은 외국 기업들에게 임대를 해주고 있다고 했다. 대우 로데 공장 준공식 때 2천 명이 들어갈 수 있는 차우세스쿠 궁의 홀을 빌려 축하연을 했단다.

점심은 부카레스트 시내 중심지에 있는 한식당 코리아 하우스에서 먹었는데 돼지고기 양념볶음과 감자요리, 호박 요리, 김치, 호박을 넣은 된장국이 입맛에 맞았다. 한국인 동포가 거의 살지 않는 이런 도시에서 맛깔스러운 한식을 접할 수 있게 된 것은, 대우의 루마니아 진출로 50여 명의 대우상사 직원이 와 있는 데다가 현대, 삼성, LG 등의 주재원들이 늘어남에 따른 것이라 한다.

오후 2시 15분, 전세기 편으로 부카레스트 이륙, 헝가리의 부다페스트 도착. 저녁때 헝가리 레스토랑 '우드바르하즈'에서 헝가리 전통요리로 식사를 했는데 식사하는 일 자체가 흥겨운 관광이었다.

헝가리 전통 의상을 입은 춤꾼 남녀 세 쌍과 바이올린, 첼로, 드럼 등의 악기가 어우러진 실내악단의 연주와 춤이 계속되는 가운데 식사는 진행되었다. '살라미'라는 우리나라 순대 같은 저민 소내장 요리가 입맛에 맞았고, 그다음 소고기와 야채 크림수프가 나왔는데 고기는 연하고 수프는 아주 부드러웠다. 그리고 닭고기, 돼지고기에 이어 후식으로는 군델 팬케이크라는 전병 비슷한 요리가 나왔다. 전병 뒤에 초콜릿을 입힌 후 그 주위에 브랜디를 뿌려 불을 붙인 음식이다.

흥겨운 춤과 노래 속에 헝가리 고유의상을 입은 춤꾼들이 식사를 끝낸 손님들을 비좁은 앞쪽 무대로 하나하나 끌어내었다. 그리고 앞사람의 어깨 위에 손을 얹게 하고 춤을 추며 줄지어 기차놀이를 하는 춤판을 벌였다. 특색있는 춤과 노래와 함께 맛있는 헝가리 전통 만찬을 맛본 셈이다.

1월 18일, 전세기 편으로 파리 오를리 공항 도착. 파리에서 사흘을 체류하는 동안 우리 일행은 '고요한 아침의 나라'라는 한국 식당을 찾아갔다. 그곳은 한국인보다 프랑스인이 더 많이 찾는다고 했다. 한국식 불고기가 '맛있는 음식'으로 소문나 있다고 했다. 프랑스 정통요리도 맛보았다. 바게트빵과 샴페인에 과일즙을 섞은 칵테일, 달팽이요리, 오리고기와 감자요리, 후식으로 아이스크림을 먹었는데, 별식이라는 느낌만 들었을 뿐이다.

날마다 계속해서 이런 음식을 끼니로 먹는다면 나는 아무래도 병들 것 같다. 송충이가 솔잎만 먹는 것은 까다로운 식성 때문이 아니다. 입에 녹아 있고, 입에 익은 신토불이 음식들— 된장국, 김치, 얼큰한 해장국, 혹은 조개젓, 어리굴젓 밑반찬, 생선 매운탕과 술국이 그리웠다. 조국이라는 말, 나는 조국이 그리웠다.

# 박남수 시인과 나
— 박남수 선생님을 생각하며

이태 전 사모님이 작고하시고 난 다음, 상심 가득한 마음을 한 권의 시집으로 묶어 내셨던 선생님, 늘어난 팬티 끈을 딸에게조차 갈아달라기를 거북해하시던 선생님. 사모님이 먼저 가 계시는 올드 테넌트의 묘지에 당신께서 영생할 거처를 미리 마련하시고 수선화, 튤립, 국화를 심으셨던 선생님, 오늘 그 올드 테넌트의 묘지에 선생님은 가 계십니다.

생전에 선생님은 그 묘지 앞에 서서 말씀하셨습니다.

"여기서 음악이 솟아나고/ 나는 귀를 세우고 듣고 있으면 되리라./ 무슨 속삭임 같은 시구詩句도 들릴지 모른다./ 옆에서 아내가 건네는/ 말씀도 들릴지 모른다./ 여기가 나의 닿을 곳, 내/ 아내의 옆에 누워서, 전생의/ 침상에서처럼 잠이 들면 된다."

1994년 9월 17일, 선생님은 이역만리 남의 땅 미국 뉴저지에서 잠드셨습니다. 평생을 실향민의 한과 이민의 기구한 질곡 속에 안주를 모르고 사셨던 선생님, 지금 선생님이 사모님과 함께 누워 계신 그 올드 테넌트마저도 남의 땅,

영면하실 유택이 아닙니다. 선생님의 시혼 속에서 솟아오른 한 마리의 새, 한 마리의 갈매기는 지금 이 땅의 시사詩史 위에 찬연한 빛을 뿜으며 영원의 궤적을 따라 날고 있습니다.

순수 이미지의 극명한 조형造形과 첨예한 주지주의의 지성으로 한국 현대시의 양대산맥 가운데 한 정상을 차지했던 이 땅의 대표적 시인이신 박남수 선생님, 선생님은 1960년대 초반부터 결성해온 우리 《현대시》 동인의 명실상부한 정신적 지주였습니다. 또한 박목월 선생님과의 두터운 우정 속에 이끌어오셨던 한국시인협회의 따뜻한 온상을 우리는 잊을 수 없습니다. 유신독재정권의 서슬 퍼런 권력 앞에 고통스러워하는 젊은 시인들의 고뇌를 선생님은 따뜻하게 다독거려주셨습니다. 그리고 감싸주셨습니다.

한국시인협회 사무실이 있었던 관철동 시대를 선생님, 기억하시지요. 월간 시지 《심상》이 창간되고, 시협과 심상사가 사무실을 함께 쓰던 그 협소한 2층 말입니다. 섹트주의, 파벌주의에 의해 파행으로 쓰이던 그 당시의 저질 월평 행태를 비판했던 《심상》의 당돌한 제 글 때문에 일어났던 필화사건 말입니다. 그때, 선생님은 의연하게 깨우쳐주셨습니다. 제가 근무하던 직장 정음사마저도 털려나게 될 위협 속에 저는 의기소침해 있었습니다. 그러나 선생님은 힘을 주셨습니다.

"종해의 논지가 옳아, 두려워할 것 하나 없어." 평소 말씀이 적으셨던 선생님의 이 한마디에 힘입어 저는 굽히지 않고 저 자신을 똑바로 세울 수 있었습니다.

이 사건뿐만이 아닙니다. 저는 한국시인협회 안에서도 말썽꾸러기이자 골칫거리였습니다. 1971년 대통령 선거 문학인 참관단에 가담하여 박정희 군사독재정권의 부정선거를 고발했고, 자유실천문인협의회에 입회하여 남산 중앙정보부에 끌려가 고초를 겪기도 했습니다. 박목월 선생님은 저의 이 같은 돌출행동을 무척 당혹스러워하셨고 매우 우려하셨습니다. 그리고 한동안은 기피하셨습니다. 그러나 저를 바라보시는 박남수 선생님의 눈빛은 아무 말씀은 안 하셨지만 연민에 가득 차 있었습니다.

말썽은 거기서 그치지 않았습니다. 그 무렵 시인협회의 가을 세미나가 끝나고, 박목월 선생님이 행사 뒤 임원들의 수고를 치하하는 자리를 마련했을 때의 그 일도 있었지요. 종로 2가에 있는 중국요리집에서 회식을 하던 날 말입니다.

"시협 세미나 행사 준비와 행사의 뒷설거지 일로 수고를 많이 했으니까 김군, 술 한잔 들어라." 박목월 선생님은 제게 술잔이 아닌 음료수 잔에 양주를 가득 부어주셨습니다. 저는 일이 바빠 점심도 거른 채였으나 귀한 양주였으므로 맥주처럼 단숨에 마셨습니다. 목월 선생님께 주어진 술잔마저 제게 주셨으므로 저는 연거푸 석 잔을 마셨습니다.

이때부터 저의 일생일대의 실수가 시작된 것입니다. 좌중의 화제는 시국의 불안에서부터 부정부패에 이르는 이야기까지 나오고 있었습니다. 옆자리에 앉아 있던 허영자 시인이 좌중의 분위기를 즐겁게 하기 위해 "김종해 시인이 노래를 한답니다." 하고 박수를 쳤습니다. 다른 분들도 모두 따라서 박수를 쳤습니다. 저는 일어섰습니다. 몸이 휘청했습니다. 노랫말을 뽑으려 했으나 목이 꽉 막혔습니다.

이후부터는 제가 한 행동에 대해 기억이 없습니다. 의식의 정전상태 속에 빠져 있었으니까요. 그 자리의 유일한 후배 시인이었던 임영조가 뒷날 그때 일을 자세히 말해주었습니다.

저는 회전 원탁을 주먹으로 탁탁 치며 연달아 외쳐댔습니다.

"목월 선생, 할 말 있소!"

"남수 선생, 할 말 있소!"

"한모 선생, 할 말 있소!"

그 세 마디를 내뱉고 저는 쓰러졌습니다. 회식은 그것으로 끝이 났습니다.

다음 날 아침 저는 임영조 시인의 집 부근 여관에서 눈을 떴습니다. 원효로의 박목월 선생 댁에 사죄 전화를 했을 때 선생님은 껄껄 웃으시면서 "우째 그래 주량이 작노?" 하셨고, 회현동에 있는 박남수 선생 댁에 사죄 전화를 했을 때 선생님은 제가 걱정되셨는지 "몸은 괜찮나, 가서 푹 쉬고 난 뒤 한번 오게." 하셨습니다.

며칠 뒤 회현동으로 댁을 찾아갔을 때, 선생님은 그날 일에 대해서 한마디 말씀도 하시지 않고, 선생님이 쓰신 장편 서사시 「살수대첩」 원고를 주시며 "문장과 문맥, 교정도 한번 살펴봐주게." 하셨습니다. 그 회현동 집은 명륜동 2층집을 처분하고 이사 와서 선생님 혼자 기거하고 계신 곳이었습니다. 사모님을 비롯한 가족들은 모두 미국 플로리다로 앞서 이민을 가 있는 상태였습니다.

1975년 선생님이 미국으로 떠나시기 전날 밤에도 저는 회현동 선생님 댁을 찾아갔습니다. 그리고 선생님의 착잡한 눈빛을 읽었습니다.

미국으로 떠나시던 날, 박목월 선생님과 사모님의 차를 타고 선생님을 모시고 김포공항으로 갔습니다. 차 안에서 저는 숨을 쉬지 못하였습니다. 한국 현대시사의 두 개의 큰 봉우리 박목월, 박남수 두 분의 오랜 우정의 교감을 숨죽이며 듣고 있었고, 그 이별의 슬픔이 제 목을 죄어왔기 때문입니다.

"인류의 소리를 모두 합친 것만치나/ 큰 통곡을 하고." (「김포별곡」) 은빛의 큰 날개를 펴며 비행기가 이륙하는 아픔을 선생님은 시로 쓰셨습니다. 그 숨 막히는 공간 때문에 저는 한마디의 말씀도 드리지 못했던 것입니다.

안주하실 곳 없었던 실향민의 갈매기, 이민의 갈매기, 선생님은 이렇게 말문을 여셨습니다.

어쩌라는 것이냐, 구름아
창밖을 맴돌며 너털웃음을 웃어도
이제 빠져나갈 한 치의 틈이 없다.
멀리 유배流配라도 보내든가, 무슨
변통을 마련해다오.
유배 가는 길에, 구름아
결국은 나도 구름이 되고 싶은 거다.

— 독방獨房 〈3〉

미국 플로리다에서 청과상을 하고 있는 가족들과 함께 계시며 선생님은 틈틈이 안부를 적어 보내주셨습니다. 수삼 년 동안의 시詩의 침묵이 끝나고 1981년 드디어 제가 경영하고 있던 문학세계사에서 선생님의 시집 『사슴의 관冠』이 출간되었습니다. 미국으로 떠나시던 해로부터 5년 만의 일입니다. 그해 선생님은 잠시 귀국하시어 모국의 풍광을 마지막으로 보셨습니다. 서울에 계시는 동안 선생님은 종로 3가에 있는 저희 사무실로 자주 나오셨습니다. 그땐 한국시인협회 사무실이 문학세계사와 같이 있었죠.

종로 뒷골목의 여러 음식점에 모시고 가서 음식 대접을 해드렸지만, 지병인 당뇨 때문에 선생님은 음식을 아주 가려 드셨습니다. 그럼에도 선생님은 제가 좋아하는 음식점으로 가자고 하셨습니다. 그때는 살아 계셨던 정한모 선생님이 즐겨 드시던 아구탕, 그 집을 안내해드렸더니 선생님은 맛있게 잡수시는 시늉만 하셨습니다.

1994년 《현대시》 6월호에 선생님은 그때의 이야기를 시로 발표하셨더군요. 5장으로 나누어진 67행의 장시였습니다. 그 시편들이 선생님이 모국을 생각하시며 쓴 최후의 작품 중 한 편이라는 것을 생각하면 가슴이 아픕니다.


종해鍾海를 따라/ 뒷골목을 헤치고 간 곳은 아구탕/ 집이었다. 살은/ 없고 뼈만 있는 아구탕./ 종해는 아구탕 먹어치지만/ 넘길 것이 없었다.// 선생님, 이런 거 잡숴보셨어요./ 처음인데, 물속에 이런 피골이 상접한/ 물고기도 있다는 것을 몰랐다./ 나무상床 위에/ 무득하니 쌓인 뼈가 처절하다. (중략)// 그때 나는/ 부산에서 아구탕도 없는/ 서른 세 살의 거지/ 였다. 남들은/ 피난살이라 했지만, 유독/ 나만은, 남들이 삼팔따라지라 했다.// 거지라는 뜻이이라, 저 풍부한/ 바다 속에 피골이 상접한 물고기/ 가 있듯이, 뭍에도/ 아구는 있었다. 내가/ 벗어놓으면 무득하니 쌓인 뼈가 처절했으리라. (이하 생략)

이국땅 올드 테넌트 묘소에서 모국을 향해 끊임없이 날 개를 펴고 날아오르실 선생님, 선생님이 계시지 않는 이 땅에서 선생님의 명복을 빌어 마지않습니다.

선생님, 부디 안녕하소서.

# 내가 만난 이건청 시인

이건청의 겉모습을 보면 영락없이 '이천 쌀가게 주인아저씨' 같은 인상이다. 이 같은 인상은 문단 데뷔 이후 몇십 년을 넘게 그와 교유한 지금에 와서도 매한가지이다. 우직함과 순정성이 그의 겉모습에 매달린 꼬리표이지만, 속내 또한 정직함과 소박함이 그대로 배어 있다. 사람 살아가는 세상에 필요한 발 빠른 처세술과 임기응변에 뒤처지는 이 둔탁한 사람, 전면에 나서기보다 있는 듯 없는 듯 배면에 서 있으면서도 중요한 역할을 하고 있는 사람의 가치를 나는 이건청을 통해 느낀다.

이건청을 내가 처음 만난 것은 1967년경이었던 것으로 기억된다. 원효로 4가에 있던 박목월 선생 댁에 세배하러 몰려든 세배꾼들과 함께였을 것이다. 이건청은 앳되고 둥근 얼굴에 소년 같은 다정한 모습이었다.

앞서 이야기했듯이 나는 1965년 신춘문예 당선으로 박목월, 조지훈 두 분에게 인사할 기회가 주어졌다. 조지훈 선생께서는 선생의 지병 때문에 고려대학교의 연구실에서 인사를 드린 것이 마지막이 되었고, 박목월 선생 댁은 해마다 세배를 다녔다. 세배 다니는 코스도 박목월 선생 댁이 먼저였고, 두 번째가 신당동에 있던 김동리 선생 댁, 그리고 세 번째가 공덕동에 있던 미당 서정주 선생 댁이었다.

현관 앞에 신발 둘 곳이 없을 정도로 문인 세배꾼들이 북적댔는데, 박목월 선생 댁은 다과와 떡국 차림이었고, 김동리, 서정주 선생 댁에서는 술이 풍족하게 나왔다. 세 분 선생 댁의 세뱃길이 끝나면 나는 어김없이 술에 취해 있었다.

1964년부터 66년까지 나는 신동한, 백승철, 주성윤, 이규호, 이우석 등과 시와 시론《신년대》 동인 활동을 하다가 66년 이후《현대시》 동인으로 옮겨 활동했다. 이 무렵《현대시》는 젊은 시인들로 재편되었는데 동인들로는 주문돈, 이유경, 정진규, 이수익, 이승훈, 박의상, 오탁번 등이 있었고 우리들이 자주 모였던 곳은 광화문 '아리스' 다방이었다. 그리고 동인은 아니면서 늘상 우리 동인들과 함께 모여 술잔을 기울이던 문학청년으로 '이건'이라고 하는 대한교육연합회에 다니던 친구가 있었다.

'이건'이라는 이름으로 1967년《한국일보》 신춘문예에 당선작 없는 가작 「목선들의 뱃머리가」라는 작품이 발표되었을 때《현대시》 동인들은 우리들 틈에 끼어 늘상 술잔을 함께 나누던 그 이건이가 이 작품을 쓴 주인공이라 생각하고 그에게 축하 인사를 건넸다. 그러나 본인은 정색을 하며 극구 부인했다. 그럼 「목선들의 뱃머리가」를 쓴 '이건'이라는 이름의 주인공은 누구인가. 우리《현대시》동인들은 모두 궁금해했다.

이런 일이 있고 난 얼마 뒤 그 작품의 작자가 이건청이고 박목월 선생의 제자라는 사실을 이승훈을 통해 알게 되었다. 그리고 그가 1968년 박목월 선생 추천으로《현대문학》에 등단한 신인이라는 사실도 알게 되었다. 이후 이건청은 오세영과 함께《현대시》동인으로 활동하였는데 당시 (70년) 임보, 조정권, 이시영, 신대철 등과《육시六時》동인으로 있다가 '이미지를 통한 내면 추구의 시'라는《현대시》동인들의 이념에 동조하여《현대시》동인으로 옮겨 앉게 된 것이다.

그 후《현대시》는 26호 발행을 끝으로 종간되고 동인회는 사실상 해체되었다. 정진규의 '자의 반 타의 반' 탈퇴에 이어 당시 문학의 순수, 참여 논쟁의 갈등 속에서 나도 동인 활동에 회의를 느끼고 무용론無用論을 들어《현대시》동인회를 탈퇴하게 되었다. 그때가 1972년 무렵이었다.

이건청과 내가 인간적인 친밀감으로 좀 더 가까워질 수 있었던 것은 짧은《현대시》동인 활동 기간보다 한국시인협회 간사직과 월간 시지《심상》창간 실무 스태프 일을 맡으면서였다. 한국시인협회 회장직을 여러 차례 중임하며 시협을 이끌어온 박목월 선생은 시협의 주요 간사직을 이건청과 나에게 맡겼다. 당시 심의위원장은 박남수 선생이었고, 사무국장은 작고한 정한모 선생에 이어 이형기, 김광림, 박재삼 선생 등이 바통을 이어받았다.

70년대 중반의 이 기간 동안 해마다 시협에서는 신춘시화전, 연간사화집 간행, 야유회, 가을철 세미나에 이어 국민 낭송시집 간행과 같은 주요 사업이 잇따랐다. 물론 시인협회 간사들이 일을 나누어 맡아 진행했지만, 일이 가장 많은 쪽은 이건청과 나였다.

이건청은 당시 한양공고 교사로 재직하고 있었고, 나는 출판사 정음사 편집부에 재직하고 있었기 때문에 사무를 처리하고 진행하는 시간은 저녁 퇴근 시간 이후였다. 더구나 1973년 월간 시 전문지《심상》이 창간되자 우리들의 일복은 넘쳐흘렀다. 낮에는 직장 일, 밤시간은 시협 일과《심상》편집 일로 여념이 없었다. 무보수의 봉사활동에 일이 과중했음에도 이건청은 즐거워했다.

한국시인협회 사무실은 종로 2가 관철동 한국 기원 옆에 있는 허름한 2층 건물이었다. 시협 사무실은 저녁 시간만 되면 활기가 넘쳤다. 박목월, 박남수, 김종길 선생이 시협 일과《심상》기획 일을 논의하다 늦은 저녁 자리를 뜨고 난 다음에는 정한모, 이형기, 김광림, 성춘복, 김시철, 김영태,

이탄 등의 시인들이 남아 포커판이 벌어지고, 활달한 웃음소리가 그치지 않았다. 길 건너 설렁탕집에서 설렁탕과 소주가 배달되고, '금관' 다방에서 예쁘장한 처녀애가 차를 날라오면 판이 더욱 고조되었다.

이건청과 나는 한쪽 책상 모서리에 궁둥이를 붙이고 앉아 열심히 《심상》 교정 일을 보았다. 밤늦게 인쇄물 교정지의 맡은 분량을 다 끝내고 나면 이건청은 어김없이 먼저 집으로 달아났다. 그는 바둑판이나 포커판에 끼지 않고 언제나 뒷전에서 빙그레 웃기만 했다. 그리고 그는 공처가라기보다 애처가였다. 집에서 기다리고 있을 신혼의 아름다운 아내를 생각하며 애가 탔으련만 그런 내색은 한 번도 하지 않았다. 부인은 한양대를 전체 수석 졸업한 재원으로 현재 신구대학교 명예교수로 있는 서대선 교수인데, 대단한 미인이었다. 내가 이건청 부인과 자연스레 악수만 해도 이건청은 질투하듯 신경을 썼다.

이건청이 밤늦게 집으로 달아나고 난 다음, 나는 출판사 편집부에 근무한다는 죄로 여관을 정하고 밤새워 《심상》 편집 교정 일을 해야 했다. 물론 월간 시지의 발행일을 맞추기 위한 OK교를 볼 때만 여관을 잡아서 일했지만, 그 나머지는 대개 술판과 포커판에 끼어들거나 섰다판에 끼어들어 밤늦도록 즐거운 시간을 보냈다.

박목월 선생은 많은 제자들 가운데 이건청을 가장 신임하고 사랑했다. 내가 박목월 선생의 입장이라도 책임감 강하고 신망 있는 이 청년, 이건청에게 특별한 애정을 기울였을 법하다. 이 무렵 이건청은 몸속에 불덩이를 감추고 있는 듯했다. 몸을 아끼지 않았고, 무슨 일이든 달려들어 열정적으로 일을 잘 처리했다. 목월 선생도 가끔 흡족한 표정으로 내 등짝을 두드리며 "느그들, 건청이하고 둘이 힘을 합하거라이."라고 밑도 끝도 없는 얘기를 했었다. 나는 그 말뜻을 잘 이해할 수 있었다.

　1978년 3월 박목월 선생이 작고하시고 난 얼마 뒤, 이건청은 어느 문학 행사 모임 끝에 내게 다가와 은근하게 말했다. "지난밤에 꿈을 꿨는데 박목월 선생을 봤어. 생시와 조금도 다름없이 말씀하셨지. 종해가 하는 일을 도와줘라 하시더군." 이건청과 나는 둘이 눈을 맞추며 빙긋 웃었다.


　1979년 나는 출판사 '문학세계사'를 창립했고, 이 출판사 창립에 이건청은 직접, 간접으로 많은 기여를 했다. 맨처음 간행한 책이 박목월 에세이 『내 영혼의 숲에 내리는 별빛』이었다. 이 책은 간행하자마자 베스트셀러가 되었다. 그리고 이건청을 비롯하여 정진규, 이근배, 김후란, 허영자, 이탄, 강우식 등과 내가 주축이 되어 민예극장과 시극운동을 펼쳤는데 '현대시를 위한 실험무대' 행사였다.

이 행사는 문학세계사와 극단 '민예'가 공동주최했는데 시인이 시극을 쓰고, 이를 대본으로 민예극장의 연극배우들이 공연을 했다. 공연은 일주일간 이어졌고 매번 극장의 객석을 다 메울 정도였다. 여덟 명의 상임 시인들은 무대에 차례로 나와 시낭송을 했다. 3년 동안 계속된 '현대시를 위한 실험무대'에 이건청은 시극 〈폐항의 밤〉(강영걸 연출)을 발표, 공연했다.

공연이 있는 일주일 동안 상임 시인들은 민예극장 연극배우들과 어울려 공연이 끝난 밤시간 신촌 이대 정문 앞 뒷골목 술집에서 술판을 벌이고 뒤풀이를 했다. 허규, 김종엽, 윤문식, 강영걸, 손진책, 김성녀 등이 그들이다. 사교적이지 못한 이건청마저 이 뒤풀이에서는 무척 흥겨워하였다. 행사가 있을 때마다 이건청은 아내와 함께 참여해서 남다른 부부애를 과시했다.

문학세계사 간행 도서 가운데 이건청의 저서도 네 권이나 포함된다. 『나의 별에도 봄이 오면』(윤동주 평전), 『한국 전원시 연구』(논문집), 『망초꽃 하나』(시집), 『하이에나』(시집) 등이 그것이다.


이건청에게서 남다른 인간적 헌신과 책임감, 성취감이 돋보이는 대목을 나는 잘 알고 있다. 그것은 남들이 감히 흉내도 낼 수 없는 대목이다.

박목월 선생이 작고하시고 난 뒤 목월 선생의 제자들로 구성된 '목월회'와 한국시인협회를 주축으로 범시단적인 '박목월 시비 건립위원회'가 구성되어 건립 기금을 마련한 적이 있었다. 곧 건립될 듯하던 박목월 시비는 무슨 이유에 서인지 선생의 사후 10주기를 넘기고서도 건립되지 못했다. 그러나 박목월 선생에게는 한 사람의 당당한 제자가 있었으니, 그가 바로 이건청이었다.

박목월 선생 사후 처음으로 시비가 건립되었는데, 목월 선생이 봉직했고, 이건청 자신이 현직 교수로 재직하고 있던 한양대학교 캠퍼스 안이었다. 이건청의 개인적 노력의 결실이었다. 이 박목월 시비는 범시단적인 시비건립 기금과는 전혀 무관한 것이었다. 스승을 향한 제자의 뜨거운 덕목이 빛나는 부분이었다.

또 하나 있다. 박남수 선생이 미국에서 작고하시고 사후 5년이 지난 1999년, 『박남수전집』이 간행되었다. 박남수 선생의 제자, 후학들이 그전부터 전집을 내고자 했지만 성금만으로는 제작비가 턱없이 모자랐던 탓에 『박남수전집』 출간은 좌초되고 말았었다. 그 일에도 이건청이 큰일을 해냈다. 한양대학교 출판부에서 『박남수전집』을 출간한 것이다. 한국 현대시사의 큰 별이며, 《현대시》 동인의 실질적 대부였던 선생을 기리는 『박남수전집』은 이렇게 해서 이건청의 숨은 노력 덕분에 빛을 보게 되었다.

인생의 오랜 여정 속에서, 오늘을 살아가는 그 많은 사람 가운데 이건청이라는 사람이 나의 가까운 이웃이고, 나의 친구라는 사실을 나는 대단히 자랑스럽게 생각한다.

## 미당의 목탁은 우리의 술
— '시성詩聖'이란 이름을 붙여도 모자라지 않다


러시아에 푸시킨이 있고, 인도에 타고르가 있다면 한국에는 미당未堂이 있다. 시의 깊은 맛과 오묘함, 시정신의 넓이와 높이를 서로 재고 견줄 수는 없지만, 미당에겐 시인 최고의 호칭 '시성詩聖'이란 이름을 붙여준다 해도 모자라지 않다. 한국 현대시사 100년을 통틀어 한 사람의 시인을 호명하라고 한다면, 나는 내 시 읽기의 식성대로 서슴지 않고 미당을 뽑겠다.

릴케와 엘리엇, 칼릴 지브란, 미당과 목월, 김춘수, 김수영, 고은, 이어령은 나의 문청 시절 어둠 속의 등불이었고, 밑줄 친 문학 교과서의 한 문맥이었다. 특히 미당과 목월은 스승의 예로써 숭배하였고, 스승의 댁이 있는 공덕동과 원효로는 우리 젊은 시인들의 성지였다. 무엇보다 공덕동의 미당 선생 댁은 명절날이 아닌데도 항시 북적대었다. 미당 선생이 목탁을 두드리면 그 소리를 듣고 방옥숙 사모님이 술과 안주를 끊임없이 내오셨다. 미당 선생은 아들 또래의 우리를 술친구처럼 격의 없이 대해주셨다.

문단에 갓 등단한 60년대 중반부터 이미 우리는 미당의 아호 앞에 '시성'이라는 호칭을 각자 마음속에 새겨놓고 있었는데, 미당만 그것을 모르고 있었다.

　　내 마음속 우리 님의 고운 눈썹을
　　즈믄 밤의 꿈으로 맑게 씻어서
　　하늘에다 옮기어 심어놨더니
　　동지섣달 날으는 매서운 새가
　　그걸 알고 시늉하며 비끼어 가네

　　　　　　　— 서정주 「동천」 전문

미당의 「동천冬天」은 원숙함과 달관의 경지에 다다른 '시성'의 자기 사랑을 드러낸 연시戀詩로 읽힌다. 「동천」은 혹한의 겨울밤 하늘에 뜬 초승달을 노래한 시다.

그 초승달은 "우리 님의 고운 눈썹을" 닮았고, 하늘에 심어두었더니 혹한을 뚫고 동지섣달 밤하늘을 날아가는 새마저도 "그걸 알고 시늉하며" 비끼어 가는, 겨울 하늘을 그린 서정시이다.

# 내 인생, 단 한 권의 책

'평생을 통해 한 번은 꼭 읽어야 할 책 한 권'을 뽑아보라고 한다면, 나는 주저하지 않고 도스토옙스키의 『카라마조프가의 형제들』을 들 것이다.

도스토옙스키의 소설들을 읽고 까무러치듯 심취했던 때는 30대 초반이었다. 하지만 60대 후반에 이르러서도 여전히 나는 도스토옙스키가 창조한 작중 인물들을 잊지 못한다. 러시아의 생소하고 어려운 지명과 인명들이 일목요연하게 내 기억 속에 정립되어 있다. 그 가운데서도 나는 알료샤를 사랑하고 라스콜니코프를 사랑한다. 조시마 장로를 사랑하고 쏘냐를 사랑한다.

1990년 초 모스크바에서 상트페테르부르크로 가는 밤열차를 탔을 때, 나는 도스토옙스키의 작중 인물들 때문에 잠을 이룰 수 없었다. 그들은 "차창에 눈발처럼 달리는 자작나무 숲"처럼 "눈 오는 언 하늘을 채찍으로 가르며" 달려왔고, 하나같이 나를 몽환 속에서 흔들어 깨웠다.

궁핍한 시대의 목마름을 자기 것으로 가졌던 사람들, 그들은 그의 시대에도 죽지 않았고 내가 살아가고 있는 현세現世의 삶 속에서도 얼굴을 내밀고 있었다.

도스토옙스키의 유해가 묻힌 넵스키 공원묘지 앞에서, 나는 한 잔의 소주와 오징어 안주를 올리고 경배했다. 그리고 「표도르와 함께」라는 나의 시 첫 구절을 바쳤다.

인류사를 통틀어
단 한 사람의 소설가를 호명하란다면
도스토옙스키, 나는 그대를 호명하리라.

# 평생의 지음知音에게 띄우는 편지
— 아동문학가 임신행


Y형, 모처럼 자네에게 편지를 쓰네.

동화작가 내 친구, 한 번도 지방의 생활권을 떠나본 적 없는, 평생 초등학교 평교사로 지내며 정년퇴임한 동화작가 내 친구를 위해, 젊어서 자주 주고받았던 편지와는 또 다른 마음으로 오늘 실로 오랜만에 이 편지를 쓰네.

만약 내게 죽음이 먼저 이르러 이승을 떠나기 직전에, 하느님이 한 사람과 마지막 한 통화를 허락해준다면, 친구여, 나는 그대에게 전화하리라.

그간 문학이란 화두를 내세워 60년간 쌓아온 우정을 이야기하지 않는다 하더라도, 넉넉하게 한국의 산수화 같은, 낯익은 모국의 흙과 바위 같은 익숙한 눈빛의 그대에게 나는 묵언默言의 작별을 고하리라.

정년퇴임 후에도 남해 남지섬에서 혼자 밭을 일구어 해마다 한철이 되면 친환경 농법으로 기른 탱자며 유자, 매실을 택배로 보내주는 친구의 맑고 순박한 사랑을 나는 고맙게 받곤 했지.

젊어서부터 자네가 쓴 많은 창작동화집을 읽어온 나는 일찍이 자네를 대한민국의 대표적인 아동문학가로 생각하고 있었다네. 늘 초등학교 담임선생님으로서 반 아이들과 꼭 같은 마음으로 지내며, 흐르는 세월 속에서 어른이 될 수 없는 아이들 속의 한 아이로, 정지된 시간 속에 들어앉아 있는 자네를 생각하네. 자네는 천생 아이의 눈높이에서도 아이였을 뿐이네.

자네, 암담한 우리 문학청년 시절이 기억나는가. 우리가 문학 수업을 시작했던 것은 1958년, 부산의 각기 다른 야간 고등학교를 어렵게 다녔던 자네와 나. 그리고 교직을 염두에 두고 부산사범학교를 다녔던 오규원(본명 오규옥). 우리 시사詩史에 하나의 큰 획을 얹어놓고 먼저 이승을 떠난 오규원 시인을 우리는 잊을 수 없지.

오규원이 처음 서울로 상경했던 그해 겨울. 그래, 그가 《현대문학》으로 문단에 갓 등단하던 해였던 것 같아. 오규원의 상경을 격려하기 위해 우리는 금호동 언덕 판자촌 누옥에서 눈발 날리는 새벽녘까지 막걸리를 통음하며 문학과 현실을 얘기했었지. 막내 김종철 시인도 자리를 같이해서 문청 시절의 어려웠던 부산 생활을 얘기했었어.

오규원 시인이 죽고 난 뒤 나는 부산에 갈 때마다 논밭으로 푸르던 그의 첫 부임지 부산 학장초등학교를 떠올렸어. 빈 교실에서 풍금을 치며 노래하던 패기만만한 젊은 교사 오규원을 생각하며, 지난봄에 나는 「친구의 풍금」이란 시를 썼지.

> 오규옥의 첫 부임지는 학장초등학교
> 시인 지망생인 그는 방과후 교실에 혼자 남아
> 풍금을 치고 있었다
> 벼가 파랗게 자라는 낙동강 하구
> 그의 노래는 새보다 가벼웠다
> 벼보다 더 가느다란 몸으로 바람 속으로 스몄다
> 오규옥이 두드리는 건반 위에서
> 시인 지망생인 나는
> 들판 위로 날아오르는
> 새가 바람을 밟고 있는 것을 보았다
> 그때 내가 보았던 풍경
> 일평생 귓속에서 풍금으로 울렸다.

이 시를 이 자리에서 인용하게 된 까닭은 자네와 나, 오규원 세 사람의 청년 시절 인간 고리, 세상에 도전했던 우리들의 생애가 결코 허무 속에 사라지지 않았다는 것을 남기고 싶어서라네. 사랑과 우정 안에서 아직도 지워지지 않는 애증愛憎이 남아 있다면 이제 버리고 잊어버리세, 마음 안에 일평생 들고 있던 짐마저 남해바다 어디쯤 띄워버리세.

얼마 전에 자네가 오래 간직했던 청남 오제봉 선생의 귀한 유묵遺墨 이백의 시를 보낸 것을 받고 나는 며칠 동안 또 갈등을 겪었다네. 도저히 감당이 되지 않아 간곡한 사양의 말과 함께 반송하려 했지만, 그것을 보내준 친구의 따뜻한 마음을 허물고 싶지 않아 서랍 속에 넣어두었지. 그 이백의 시 「춘야연도리원서春夜宴桃李園序」는 참으로 짧은 한 생의 허무를 깨닫고, 그것을 채우고 즐길 줄 아는 여유로운 지혜를 보여주네.

자네, 7월 중순쯤 두 번째 심근경색증 수술을 받는다고 했지. 너무 심려하지 말게. 현대의술을 믿어보세. 퇴원하면 산책과 함께 지속적인 운동을 해보게. 이제 원숙한 할아버지 동화작가로서 써야 할 재미있는 이야기들이 많지 않은가.

곧 얼굴 한번 보세나. 잘 지내게.

3부

## 시가 된 유년 삽화

나의 시는 부산 서구 소재의 천마산에서 출발한다.
내 시 의식의 원천이며 모태인 초장동은 언제나
꿈속에서 시공을 뛰어넘어 나타난다.

## 어이구, 시근 다 들었구나

여섯 살 무렵, 엄마 심부름으로 60촉짜리 백열전구를 사러 충무동 시장 잡화점엘 갔었다. 그런데 60촉짜리 백열전구가 그 가게에 없었고, 마침 남폿불의 '호야(유리 등피)'가 눈에 띄었다. 우리 집의 남폿불은 오래전부터 유리 등피가 깨어져 쓰질 못하고 있었는데, 이왕 심부름 온 김에 빈손으로 터덜터덜 돌아가기보다 '호야'를 사 들고 가는 게 좋을 것 같았다.

집으로 돌아와 60촉짜리 백열전구가 없다고 해서 '호야'를 사왔다고 했더니 엄마는 내 머리를 두 손으로 쓰다듬으며 "어이구, 우리 종해, 시근 다 들었구나." 했다. 세상 살아갈 지혜에 눈뜨고 있어 대견스럽다는 것이다. 평소 칭찬 같은 말씀마저도 잘 하시지 않던 엄마에게서 들은 가슴 뿌듯한 그 한마디의 칭찬은 평생토록 내 삶에 힘을 실어주며 살아 있다.

# 시가 된 유년 삽화

시인이 죽었다. 시신을 화장터에서 불태웠는데 모두 재가 되었다. 그런데 재가 되지 않은 사리가 가슴 쪽에서 나왔다. 평소 그 시인의 시와 인간에 관심을 기울였던 사람들은 그 결정체가 '사리'가 아니라 '시'라고 했다. 죽은 그 시인은 평생 시를 가슴으로 노래했기 때문이란다. 머리로 쓴 시는 재로 변했지만, 가슴으로 쓴 시는 시인의 이름과 함께 시의 사리로 남아 있다는 것이다.

고회를 지나고서부터 밤마다 꿈을 꾼다. 하나의 현실을 넘어 두 번째 현실을 꿈에서 만난다. 꿈속은 대개 지나온 과거의 단편적인 영상으로 채워진다. 희한하게도 현실에서는 까맣게 잊고 있었던, 유소년 시절에서부터 청년기에 가졌던 꿈속의 강박관념들이 하나하나 떠오른다. 기억의 지층 속에 묻혀 있었던 그 기억들이 망각을 깨고 선명한 모습을 보인다.

새벽 2시와 3시 사이 잠이 깨었다. 냉장고 문을 열고 생수 한 잔을 마신다. 아직 간밤의 꿈에 남아 있던 영상들 가운데 나는 문득 『흐름』이라는 시집을 찾아낸다. 수채화 물감으로 그림을 그리고 육필시를 써서 한지韓紙 노끈으로 묶어 만들었던 김종해 시화집詩畫集 『흐름』을 꿈속에서 찾아내고 확인한다. 그 시집을 옆구리에 끼고 다녔던 열일곱 살의 문학 소년을 나는 기억한다. 스무 편 남짓한 습작시가 수록된 그 시화집은 어찌 되었을까. 그 시집과 또 다른 습작시 원고들은 원인을 알 수 없는 생가生家 화재 때 모두 소실되었다.

천마산 아래 부산시 서구 초장동 3가 75번지. 어릴 때 뛰놀던 옛 지명들이 하나하나 떠오른다. 천마산 아래 제일 위의 골짜기가 오방골, 그 밑으로 돼지막골, 소막골, 그 밑으로 완월동이 있는 동네가 청루골, 인력거와 적산가옥이 즐비한 청루골 끝에는 '고반소(파출소)'가 있었다. 천마산 너머 저편에는 감내골(감천)이 있고, 이편에는 공동묘지, 아랫동네 곡정谷町이 있고, 아미동 골짜기 화장막과 큰 굴뚝이 있고, 야트막한 소지산이 있다.

어릴 때 무리 지어서 전쟁놀이를 했다. 우리는 초또패(초장동), 돌과 화살로 항상 아랫동네 곡정패와 맞붙었다. 천마산 정상을 먼저 점령하는 쪽이 승리한다. 산 위에서 돌을

굴리거나 던지면 산 아래쪽에서는 대항할 수 없다. 산 아래로 달아나던 아이가 야적된 똥통에 빠질 때도 있었고, 천마산 아래 농작물들은 아이들의 발밑에서 훼손되기 일쑤였다. 포로로 사로잡힌 아이는 옷이 발가벗겨졌다.

초또패가 곡정패에 수적으로 밀려서 쫓겨 달아날 때도 있었는데, 그러면 우리는 오방골 아이들에게 도움을 청하기도 했다. 우리들의 영웅은 언제나 공구였다. 공구는 노래도 잘했지만 뱀 잡기, 새 잡기를 비롯해 공치기, 구슬치기, 자치기의 명수였다. 그러나 초또패의 골목대장은 언제나 힘센 만출이었다. 우리들의 대장 만출이 앞에서는 명령 복종만 있을 뿐 아무도 또 다른 꼬리표를 달지 못한다.


아이들 가운데 절반 정도는 일본식 이름을 가졌다. 구짱, 아끼, 가즈오, 도꾸짱, 히로시, 사부로, 마사오…… 아버지는 해방될 때까지 창씨개명을 하지 않았다. 일본식 명절날은 하루 종일 방 안엔 30촉 전구에 불이 들어와 있었다. 구장 가네무라 상이 전해주는 배급 속엔 일본 '미깡(귤)'과 알사탕, '간즈메(통조림)'가 들어 있었다.

나는 누나가 배워서 부르는 일본 노래 「모모타로상 모모타로상」을 말뜻도 모른 채 따라 불렀다. 우리 집 나무 울타리에 맞물려 길이 나 있고, 이 길과 함께 동네 운동장이 붙어 있어 아이들 놀이 때문에 늘 시끄러웠다.

또 언덕을 깎아 넓힌 운동장의 언덕 안쪽에는 방공호가 만들어져 있었고, 대낮에도 "구슈케이호(공습경보)"하고 외치면 미국 비행기 폭탄 공습에 대비해 방공호로 대피하는 훈련을 했다.

해방되던 날도 기억하고 있다. 운동장 언덕 끝에 서서 보면 서대신동과 도청 쪽의 큰길 위로 전차와 승용차, 인력거가 다니는 것이 보이는데, 이날은 그 큰길 한가운데로 흰옷을 입은 사람들이 가득 몰려나와 만세를 부르며 행진하고 있었다. 어른들은 세상이 바뀐다고 했다. 아이들은 영문도 모르고 펄쩍펄쩍 뛰었다.


아버지, 어머니, 형과 누나와 나, 우리 가족은 다섯 명이다. 끼니가 없어서 저녁에 죽마저 끓이지 못해 굶는 때도 있었다. 어머니는 식구를 줄이기로 했다. 누나를 일본인 집에 양녀로 보내기로 했다. 누나만이라도 배불리 밥을 먹일 수 있으리라 생각했던 것이다. 이 결정은 어머니가 앞장섰을 것이다. 어린 누나는 양녀로 가지 않겠다고 울어서 눈이 퉁퉁 부었다. 좋은 집안에서 잘 먹고 잘 살 거라고 달랬을 어머니가 생각난다.

토성동 쪽의 으리으리한 2층 기와집에 살던 일본인이 있었다. 전황이 좋지 못해 일본으로 귀국할 때 누나도 데리고 간다고 했다. 바로 그러고 있던 때에 해방이 되었다. 누나의 양녀 입양 문제는 없던 일로 마무리 지었다. 그 일본인은 본국으로 귀국하면서 자기가 살고 있던 적산가옥을 아버지에게 건사해줄 것을 부탁했다. 아버지 이름으로 소유권을 넘겨주겠다고 했다. 시골 상주 출신의 농부였던 아버지는 소심하고 속이 좁고 정직한 사람이었다. 무슨 날벼락이 떨어질지 모르는 일본인의 저택 소유권 이전을 아버지는 거절하였다. 제 발로 걸어들어온 재물을 걷어차버린 꼴이 되었다.

배짱마저 없는 꽁생원 남편을 어머니는 한숨을 쉬며 바라보았을 것이다. 빈궁하고 궁색한 초장동의 나무 판잣집에서 마음 편하게 살자, 아버지는 그랬을 것이다.


해방 이듬해, 양식 걱정을 덜기 위해 식구들의 입을 하나라도 줄이려던 어머니는 뜻밖에도 원치 않는 임신을 했다. 부두에서 하역작업을 하는 잡역 노동자였던 아버지를 돕기 위해 어머니는 한복 바느질 일을 시작했다. 완월동의 청루골 기생들이 입는 한복을 수선하기도 하고, 새 옷감으로 한복을 지어주고 바느질삯을 받기도 했다. 어머니의 바느질 솜씨는 인근에 소문이 자자할 정도로 기생들의 호감을 샀다. 어머니 손을 잡고 청루골을 가봤는데, 앳되고 예쁜 스무 살 안팎의 기생들이 나를 둘러싸고 내 머리를 쓰다듬어 주었다.

임신은 어머니에겐 집안의 또 하나의 위기였다. 마침내 어머니는 유산을 시키기로 혼자서 결심했다. 당시 임신중절 수술은 큰 비용이 들었기 때문에 일반 가정에서는 생각조차 할 수 없었다. 어머니는 마음을 단단히 먹었다. 예부터 민간에서 구전되어오는 한방 비법으로 아이를 유산시키자. 어머니는 몸서리칠 정도로 짜디짠 '조선간장'을 한 됫병들이로 날마다 마셨다. 배 속에서 아기가 사산死産되겠지. 아기의 유산을 기다리며 어머니는 조선간장을 들이켰다. 변소 똥간에 앉아서도 어머니는 유산을 기다리며 힘을 썼을 것이다. 그러나 어머니의 기대와 달리 아기는 열 달을 다 채우고 건강하게 지상에 첫발을 찍었다. 산모의 얼굴에는 회한이 사라지고 사랑과 축복이 가득했을 것이다. 이 아기가 바로 하나뿐인 나의 아우 김종철 시인이다.

나의 시는 부산 서구 소재의 천마산에서 출발한다. 내 시 의식의 원천이며 모태인 초장동은 언제나 꿈속에서 시공을 뛰어넘어 나타난다. 아침에 눈을 뜨면 숙면을 한 것 같지 않게 몸이 무겁다. 날이 밝으면 마주치는 하나의 현실과 꿈속에서 만났던 또 하나의 현실, 잠시 여기가 어느 쪽인가 혼란스럽다. 그래도 밤낮으로 따로 만나는 두 개의 현실은 내게 삶의 생기를 불어넣어준다.

시인의 17세 문학 소년 시절

# 나의 10대, 눈물과 노래 「오 대니 보이」

씨앗을 뿌리지 않은 자는 아무것도 거둘 수 없다. 걷는 자만이 앞으로 갈 수 있다. 이런 말들은 나의 10대의 정신을 충전시켜주는 종소리였다. 나는 이 종소리를 들을 때마다 긴장되었고, 가슴속에서 화염이 이글거렸다. 거두기 위해서는 무슨 일이든지 오늘 씨를 뿌리지 않으면 안 되었다.

산골 출신의 농부였던 아버지가 도회지로 이사하여 당장 먹고살기 위해 부두에서 막노동을 하다가 다리를 다쳤기 때문에 몸져누웠고, 대신 어머니가 난장의 좌판에서 떡장사를 하였다. 그러므로 집안은 궁색하였고, 학비 때문에 제대로 학교를 다니지 못할 형편이 되었다. 가까스로 중학교를 졸업하고 난 뒤 나는 신문팔이도 하고, 수수빗자루를 파는 뒷골목 가게의 점원이 되기도 했다. 또 일본 군함을 개조한 500톤 여객선 알마크호의 선원이 되어 동해안의 파도를 탔고, 조선소에서 철공장의 시다가 되어 에어해머를 쥐었다. 그렇게 용접기사의 조수가 되어 카바이드 냄새를 맡는 동안에도 나는 나를 일깨우는 저 종소리를 잊지 않았다.

나는 독학을 하여 야간 고등학교를 갔고, 이어 주간 고등학교 3학년 편입 시험에 응시했다. 그러는 동안, 내가 가지고 있던 가슴속의 불꽃이 문학 쪽으로 점화되는 것을 느꼈다. 그리고 이때부터 시와 만나게 되었다. 내게는 하나의 구원이었다. 지독한 염세적 퇴폐주의에 빠져 있던 나 자신을 비로소 바로 쳐다볼 수 있게 되었던 것이다.

나의 삶에 낮게 내려와 앉은 절망과 좌절의 어두운 먹장구름을 바라보며 나는 늘 우울했고, 파랗게 불꽃을 내뿜는 용접기를 들고서 나를 두텁게 둘러싸고 있는 저 빈궁의 벽을 절단하는 꿈을 꾸었다. 그러나 그것은 절단되지 않았고, 더욱 완강하였다. 우선 나 자신의 의지와 신념을 회복하지 않으면 안 되었다. 불행과 절망과 어둠, 이런 것들과 좀 더 친숙하자, 그리하여 그것들과 익숙하게 어울려 지내며 그것들에게서 나 자신을 구원하는 지혜와 힘을 빌려오자.

그 무렵 나는 나 자신의 노래를 지어 불렀다. 「오 대니 보이」의 곡에다 작사를 바꿔 붙여, 폐부 깊숙이 숨겨진 나의 한과 공기를 바깥으로 내뿜었다.

"가을바람은 나뭇잎을 울리고/ 흙속에 묻힌 꽃잎 날릴 때/ 내 떠난 항구 보헤미안이여/ 머언 여행을 설워 말어라/ 희망도 즐거움도 떠나가고/ 날 사랑하던 죽음 찾으리/ 찬란한 태양 홀로 빛나 타겠네/ 언제나, 아아, 언제까지 불타라."

흐느끼듯 나지막하게 부르는 나의 영가靈歌였다. 이 노래를 부르는 동안 나 자신도 모르는 사이 눈에는 이슬이 맺혔고, 그리고 세상이 얼룩져 일그러지면서 두 뺨 위를 타고 내렸다. 그것은 나의 이상을 갈구하는 간절한 기구와 염원에 대한 확인이었고, 그러한 확인을 거쳐 나는 내가 기울이는 창조적 노력에 더욱 근접할 수 있었다. 이 노래를 부름으로써 비 온 뒤의 맑게 빛나는 눈부신 하늘을 곧잘 나는 얻어내곤 하였다.

라디오에서 흘러나오는 「오 대니 보이」의 목쉰 듯한 색소폰 연주를 듣게 되어도 문득 나는 나 자신을 확인하였고, 나의 영가는 괴로울 때나 슬플 때나, 기쁘거나 즐거울 때 항시 불렸다. 그것이 권태와 잠 속에 빠져 풀어진 나를 팽팽한 긴장으로 죄어 갔았다.


1958년 가을 무렵, 부산 시내 남녀 고등학생 문예반 학생회에서 주최한 '밤·시詩·젊음의 초대'라는 제목의 문학 강연과 시낭송 행사가 부산 광복동 미화당 백화점 강당에서 열린 적이 있었다. 행사가 끝나고 출연했던 남녀 고교 문예반 학생들은 다과점에 모여 회식을 했다. 한 사람씩 자기소개를 한 뒤 노래를 하기로 되어 있었는데 끝 무렵쯤 내 차례가 왔다. 여학생들이 더 많은 '대중' 앞이라 부끄러웠지만 나는 내가 지은 영가를 불렀다.

나지막하게 저음으로 부르는「오 대니 보이」가 끝나고 나서도 한동안 박수 소리가 들리지 않고 무덤처럼 적막했다. 박수 치는 것을 잊은 모양이라고 생각했다. 잠시 뒤 누군가 한 사람이 일어서서 박수를 치자 여느 때보다 더욱 가열된 박수 소리가 오래 계속되었다. 내가 지은 나의 노래 ― 눈물과 환희와 영혼의 노래 ― 그 절실한 메시지가 그들에게도 전달되었던 것일까.

이 노래는 살아오는 동안 지금까지도 내 삶의 최애곡이 되었다.「오 대니 보이」(원곡은 북아일랜드 민요인「런던 데리 에어London Derry Air」)가 이 세상 살아 있는 날의 나의 삶 위에서 기쁜 일이 있을 때나 슬픈 일이 있을 때나 언제나 불릴 것을 나는 희망한다.

# 첫사랑의 추억

1958년 겨울이었다. 나는 그녀를 부산 광복동의 '칸타빌레' 음악실에서 만났다. 그녀는 소리를 내지 않고 흐르는 물 같았다. 머리 한가운데를 가르마로 단정하게 한 모습이 마치 레오나르도 다빈치가 그린 「지네브라 데 벤치의 초상」을 보는 듯했다. 갸름하고 조용한 고전적인 동양 여인의 얼굴이었다. 나는 그녀를 보는 순간, 그녀가 이미 내 운명 위에 굵고 견고한 수천 개의 쇠그물을 던져놓고 있음을 느꼈다. 그러나 그녀는 냉담했다. 오히려 연민을 담은 눈빛을 내게 띄워 보냈다. 그녀는 대학교 2학년 학생, 스물한 살이었고 나는 이제 갓 열여덟 살의 까까송이 머리를 한 고등학교 3학년 애송이였다.

집안 형편이 어려워서 그 무렵 학교를 쉬고 있었는데, 나는 그때 이미 내가 가진 미래의 꿈을 형이 다니던 철공소의 거대한 에어해머 속에다 짓이기고 있었다. 내가 꿈꾸어왔던 이상의 실현을 철공소의 산소용접기 끝에서 파랗게 뿜어내는 절단기로 잘라내고 있었다.

모든 것을 잊고 공원工具이 되자. 실제로 나는 조금도 주저하지 않고 용접기를 들었고, 에어해머를 두드리면서 근육의 땀을 말리었다. 그러나 치열하게 잘라내어도 시인이 되리라는 나의 꿈과 희망은 용접 절단기로 잘라내지진 않았다.

1957년 가을, 방황하는 마음을 수습하기 위해 일주일간의 여행길에 올랐다. 여행을 하면서 나 자신과 담판하고, 독학의 길을 밟기로 하였다. 집으로 돌아오는 기차 안에서 묵은 잡지를 보다가 한 여성 잡지에 실린 산문을 읽고, 문득 그 글을 쓴 미지의 그녀에게 편지를 띄웠다. 문학 수업을 위한 순수한 편지 왕래를 희망한 것이었다.

한 달을 기다렸으나 회신이 없었다. 두 번째 편지를 가을과 함께 띄웠다. 그리고 낮에는 에어해머를 두드리고 액기생을 돌렸으며, 밤에는 치열하게 책장과 대치하였다. 그녀에게서 회신이 없었던 것은 물론이다. 아마 주소를 옮겼는지도 모를 일이었다. 수취인이 받아 보지도 못할 세 번째 편지를 또 띄웠다. 그리고 모든 것을 잊고, 산소용접공인 형의 일을 뒷바라지하였다.

그해 크리스마스 사흘을 앞둔 날, 문득 그녀에게서 성탄 카드가 한 장 날아들었다. 한 마리의 사슴과 솜으로 정성 들여 만든 카드였다. 눈이 올 듯한 암울한 겨울 하늘이 갑

자기 환하게 열리고 눈부신 햇살이 내 생애 뒤에 쏟아지는 듯한 감격을 맛보았다. 그로부터 수십 차례 편지가 오갔다.

그리고 1958년 겨울, 마침내 그녀를 처음 대면하였다. 이미 편지로 세 살 연하의 소년이란 것을 밝혔는데도 정작 만나자마자 그녀는 뜻밖이라는 표정을 지었다. 그만큼 나의 편지글이 조숙했던 모양이다. 그녀는 이내 연민의 정을 담고 친숙하게 나를 동생 다루듯 대하였다.

"네가 종해냐?"

"예."

이렇게 해서 '우리'의 교유는 시작되었다.

그녀에게는 나를 이성異性으로 대하려는 마음이 조금도 없었고, 나는 가장 착실한 충견처럼 그녀의 뜻대로 순종하였다. 그녀는 대학의 문학 동아리인 《날개》 동인으로 활동하고 있었는데, 나의 작품을 읽어보고는 곧 나에게 시재詩 才가 있음을 격려해주었다. 나는 그녀와 함께 있는 시간이 무엇보다 즐거웠다.

한 주일에 한 번쯤 문학적 사신私信이 오갔고, 한 주일에 한 번쯤 '우리'는 만났다. 충무동에서 전차를 타고 동래에 있는 그녀 집으로 가서 만나거나, 그녀가 동래에서 전차를 타고 우리 집으로 찾아와서 "종해야." 하고 나를 불러내기도 하였다. 우리는 즐거웠다. 그녀가 나를 동생처럼 스스럼 없이 대하는 데는 여전히 변함이 없었다.

그녀의 깊고 고요한 눈망울을 들여다볼 때마다 당당한 남자로서 '저런 눈이라면 출어出漁해도 되겠다'는 확신을 갖고 있었지만, 그녀는 조금도 틈을 보이지 않았다.

다음 해 가을의 어느 휴일이었다. 전차를 타고 동래에 있는 그녀 집을 향하면서, 땡땡거리는 전차 안의 붉은 의자에 등을 기대고 앉아 나는 이미 내 운명 위에 내려와 있는 수천 개의 쇠그물을 확인하였다. 집 앞에서 그녀를 불러내어 함께 뒷산 숲속을 거닐었다. 초저녁의 어스름이 내리고 있었다. 숲속 그늘의 잔디 위에 앉아 나는 그녀 옆에 비스듬히 누우면서 그녀의 무릎을 베었다. 숲의 가지 사이로 영롱한 얼굴들을 하고 별들이 하늘 위에 떠 있었다.

그녀의 치렁치렁한 머리숱이 나의 두 뺨 위에 내려와 간지럽히고 있었다. 나는 그녀의 머리카락을 조심스럽게 쓰다듬었다. 그녀는 나를 내려다보고 있었고, 나는 그녀의 검은 눈망울을 올려다보고 있었다. 나는 그녀의 긴 머리숱을 소중스럽게 끌어내리며 그녀의 가냘픈 목덜미 뒤쪽을 가만히 당겼다. 그녀의 뺨이 내 얼굴에 내려와 닿고 그녀의 두 손이 나의 머리를 감싸 쥐었다. 입술이 맞닿자 그녀가 단호하게 외쳤다. "안 돼!" 그러나 나는 입술을 떼지 않았다. 길고 긴 입맞춤이 계속되었다. 그녀의 두 뺨 위로 눈물이 흘러내리고 있었다. 어느새 그녀는 바람처럼 일어나 집 쪽으로 달려가고 있었다.

그날 밤 나는 밤을 새워 편지를 썼다. "날카로운 첫키스의 추억은 나의 운명의 지침을 돌려놓고……" 만해 한용운의 시구가 머릿속을 전류처럼 흐르고 있었다. 편지에는 '도덕적인 종속의 고리를 우리는 깨뜨려야 하지 않겠는가'라는 완곡한 표현을 썼다.

한 주일 동안 그녀는 찾아오지 않았고, 편지도 오지 않았다. 그녀의 마음의 침전을 위해 나는 기다렸다.

두 주일이 지나고 나서 그녀가 우리 집을 찾아왔다. 우리는 송도 혈청소의 해변 암벽을 산책하면서 이야기하였다. 그녀의 태도는 조금도 달라져 있지 않았다. 조용하고 다정한 연민을 담고 있었다. 충무동 버스 정류장까지 함께 걸어가면서 그녀는 시종 경쾌한 얼굴로 이야기하였다. 그러다 갑자기 그녀가 말했다. "이제 우리 만나지 말기로 해."

그녀는 단호하였다. 정류장에 멈춘 버스를 타고 버스 유리창 안에서 그녀는 손을 흔들었다. 버스가 떠나고 나는 정류장에서 오랫동안 서 있었다. 지금 나를 기다리고 있는 것은 철공소의 산소용접봉과 액기생이라 부르던 가열압착기, 기름 묻은 에어해머와, 파랗게 번쩍이며 타는 쇠붙이뿐이었다.

# 어머니, 우리 어머니

동서고금을 통틀어 어머니를 주제로 쓴 시 혹은 어머니를 화두로 쓴 사모곡의 시는 참으로 많다. 가슴이 뭉클하고 눈가에 눈물이 핑 도는, 심금을 울리는 사모곡의 시, 그 시는 대부분 어머니가 이 세상을 떠나고 난 뒤 읊은 것이다.

어머니가 살아 계셨을 때 우리가 어머니에게서 받았던 무량한 사랑은 자식으로서 평생 갚지 못할 사랑의 부채며 은혜다. 사랑과 헌신과 희생의 또 다른 초월적 이름이 바로 어머니이며, 어머니를 신과 같은 등위로 나는 생각한다. 세상의 모든 인간을 길러내신 가장 넓고 큰 사랑의 품이 어머니의 품이다. 혈육의 피, 정신과 영혼의 피는 어머니라는 끈을 통해 자식에게 이어지고, 자식은 어머니라는 보이지 않는 끈에 연결된 채 성장한다.

어머니에 대한 효성이 지극한 시인 조병화는 「시인의 램프」라는 글에서 이렇게 쓰고 있다. "나의 목숨은 이승에 단 램프/ 아직은 어머님이 주신 기름이 남아/ 너를 볼 수가 있다.” 시인의 육신이 살아 있는 동안 램프는 빛을 내며 타오르겠지만 “어머님이 주신 기름이” 모두 연소되고 사라지면 시인은 죽음(어둠)으로 돌아갈 것이라는, 생명을 주신 어머니에 대한 예찬이다.

실제로 경기도 안성 난실리에는 작고시인 조병화의 별장 ‘편운재’가 있는데, 이곳에는 조병화 시인이 살아생전 어머니 묘소도 함께 조성해놓아 평소 어머니를 공경하는 마음을 엿볼 수 있다.

시인으로서 세상에 내놓을 만한 감동적인 사모곡 시 한 편 쓰고 싶지 않은 시인이 어디 있으랴만, 나의 경우는 더욱더 절실했다. 초등학생 때 선생님이 이 세상에서 가장 존경하는 인물 한 사람을 적으라고 했을 때, 다른 아이들은 ‘이순신 장군’, ‘세종대왕’, ‘을지문덕’이라고 썼지만 나는 태연히 ‘어머니’라고 써서 같은 반 아이들의 놀림을 받은 적이 있었다. “어머니는 우리가 밤에 덮고 자는 이불보다 더 큰 하늘과 같습니다. 우리는 제각기 어머니가 주신 하늘을 덮고 잠을 자고 꿈을 꾸고 자랐습니다.”

먹을 것이 없어 굶기도 했던 1940~50년대를 어머니는 연약한 여성의 몸으로 병든 남편을 병구완했고, 어린 네 남매를 길러냈다. 우리가 자랄 때 어머니는 삯바느질을 했고, 부산 충무동 시장에서 떡장수, 술장수를 하고 국수 장사를 하셨다.

우리는 물지게로 물을 길어 나르고, 절구통의 떡을 치고, 맷돌을 돌리고, 콩나물시루에 물을 주고, 군불을 지펴 고두밥 찌는 일을 거들었다. 막걸리 밀주를 빚다 단속반원에 걸려 승강이 끝에 곡괭이로 구들장 밑에 숨겨둔 술독을 펑펑 깨뜨리며 우시던 어머니, 우리 어머니— "어머니는 언제나 우리들의 하늘입니다."

어머니의 15주기를 맞아 4남매 중 막내였던 김종철 시인과 『어머니, 우리 어머니』라는 형제 시인 시집을 간행하게 됐는데, 이 시집은 세상의 모든 어머니에게 바치는 사모곡 시편이며 사랑의 시집이다. 김종철 시인은 「엄마 엄마 엄마」라는 시에서 "세상에서 가장 짧고 아름다운 기도"가 '엄마'라고 말한다. 한 뿌리에서 자랐지만 어머니를 그리는 시의 울림과 목소리는 또 다르다.

누구에게나 어머니가 있고, 어머니를 사랑하는 지극한 마음과 정성은 다 똑같다. 자식으로서 평생 마음에 걸리는 회한을 남기지 않으려면 어머니 살아생전에 사랑의 마음을 자주 표현하고 비록 작은 것일지라도 정성을 담아 더 늦기 전에 어머니를 위한 사랑을 실천하는 게 자식의 도리다.

어머니는 위대하다. 위대한 이름 어머니에게 바치는 나의 시 「사모곡」을 이 글에 붙인다.

이제 나의 별로 돌아가야 할 시각이
얼마 남아 있지 않다

지상에서 만난 사람 가운데
가장 아름다운 여인은
어머니라는 이름을 갖고 있다

나의 별로 돌아가기 전에
내가 마지막으로 부르고 싶은 이름
어머니.

## 서른다섯 살의 사랑과 불꽃


사랑하는 당신, 나는 당신을 생각하오.

오늘은 눈 덮인 겨울산을 오르오.

겨울나무와 숲들은 은빛의 털옷을 입고 새로 깨어나고 있었소.

안개가 얼어서 흰 꽃으로 날리며 나뭇가지와 덩굴마다 은빛의 화환을 걸어주고 있었소.

깊은 계곡의 물들은, 눈동자가 맑은 여인의 피부를 가진 겨울산의 흰 실핏줄 속으로 스며들어 보이지 않았지만, 나는 끊임없는 그 고요한 지껄임을 엿듣고 있었소.

눈보라와 바람 소리, 발목까지 빠지는 눈을 털며 오늘은 겨울산을 오르오.

사랑하는 당신, 나는 당신을 생각하오.


어릴 때 나는 당신의 얼굴을 몰랐습니다.

산에서 바라보는 남해의 초록빛 봄바다는 알 수 없는 세계와 닿아 있었죠.

뒷산으로 오르면 산은 어깨를 낮추고 나를 잔등에 올릴 때까지 기다리고 있었지요.

마른 풀잎들, 무덤 옆에 숨어 있는 할미꽃을 한 송이 두 송이 꺾을 때마다 내 가슴속에 감춰진 이름 모를 우수와 슬픔이 뚝뚝 소리를 내며 꺾어졌어요.

수평선 위로 사라지는 무역선 속에는 따스한 봄바람과 남해의 초록빛 봄바다가 일만 톤쯤은 실려가고 있을 것으로 생각했어요.

아버지가 돌아가실 때에도, 이 지상地上과의 마지막 고별을 하고 나무판자로 만들어진 관 속으로 아버지가 들려 가실 때에도, 나는 이 뒷산에 올라 나의 슬픔인 철쭉을 한 송이 두 송이 뚝뚝 꺾었습니다.

칡덩굴을 캐고 까치밥을 따면서도 나는 무엇이 나의 슬픔으로 오는지, 무엇이 나의 그리움으로 오는지 몰랐어요.

산 너머 바다 건너 더욱 멀고 먼 어디에 당신의 얼굴을 한 미지의 나라가 아련히 있을 것으로 생각하였습니다.

어머니 같고 누이 같고 아내 같은 현인의 그윽함을 생각하였습니다.


탱자나무 울타리 가시에 찔렸을 때의 아픔이 순간에 오듯 당신에게서 받는 고통스러운 밤이 순간에 온 것은 달 밝은 밤 옥수수밭에 들어가서 젊은 날의 슬픔을 실컷 울었던 어느 여름밤이었거나, 내 영혼의 등잔에 불을 당겨준 수녀 님이 우리 집을 다녀간 그 청순한 봄밤이었거나, 장미꽃을 코끝에 대고 깊게 심호흡을 하던 황홀한 어느 여름밤이었 거나, 아마 나의 감성이 면도날보다 더 푸르게 날이 서 있 던 날 밤이었습니다.

나는 잠을 잘 수 없는 고통 속에 빠졌습니다.

나는 당신의 환영을 그리워하고 꿈꾸듯 날마다 거인巨人 을 꿈꾸었습니다.

나의 정신은 연기를 뿜었고, 나의 영혼은 불꽃으로 이글 거렸습니다.

날마다 거인의 꿈을 꾸었으므로 나는 나의 침구를 거인 의 키에 맞추려고 노력하였고, 우리 집을 고쳐 더 크게 지 으려 하였고, 겉옷과 속옷마저 큰 것으로 맞춰 입으려 하였 습니다.

당신을 만나기 위해서, 당신을 즐겁게 하기 위해서 나는 나의 덩치를 키우려 했었지요.

내가 가진 불꽃과 아픔은 나를 성장케 하였습니다.

나의 꿈과 고통은 나를 길러준 어머니의 자장가였습니 다.

젊은 날, 나는 그분들을 만났습니다.

내 삶의 갈피 속에 숙명처럼 끼어든 그분들을 만났습니 다.

그분들은 혹한의 겨울에도 변하지 않는 푸른 댓잎을 지니고 있었습니다.

면암, 매천, 전봉준, 단재, 만해, 육사…….

학대받고 짓눌린 사람들의 아픔과 어둠이 나의 대뇌 속에 크게 자리잡기 시작할 때 환영 속에서만 나타나던 당신의 모습이 비쳐왔습니다.

나는 당신을 비로소 보았습니다.

그때 당신은 묶여 있었고 재갈이 물려 있었고 맨발의 슬픈 모습을 하고 있었습니다.

아아, 당신을 향한 그리움, 어찌할까요.

당신을 사모하는 기다림, 어찌할까요.

그러나 당신은 고개를 모로 젓습니다.

그리고 눈을 감습니다.


십자가에 매달린 그분의 괴로운 눈빛, 피투성이가 된 그분의 손바닥에 박힌 못을 슬퍼하는 이는 많지만, 누구 하나 얼굴 붉히고 나서서 대신 고통을 거두어들이려는 이는 없습니다.

당신은 이제 아무 말씀도 하지 않으시지만, 나는 당신이 계신 곳의 창문을 두드리고 또 두드리고 싶습니다.

그리고 당신 이름을 부르며 당신을 깨우고 싶습니다.

당신을 위하여 나는 고통과 불꽃을 준비합니다.

당신을 위하여 나는 그제도 쓰고 어제도 쓰고 오늘도 씁니다. 내일도 쓸 것입니다. 그리고 죽는 날까지 당신을 위하여 써나갈 것입니다.

## 젊은 시인의 시와 삶

부산의 부두 하역 노동자였던 아버지와, 난장에서 노점
상을 했던 어머니 사이에서 3남 1녀 중 차남으로 나는 태
어났다. 아우 김종철 시인은 막내이다. 다리를 다쳐서 파상
풍을 앓고 있던 아버지의 병치레 몫마저 어머니는 혼자 떠
메었다. 젊은 어머니의 좌판에 우리의 생계가 매달려 있었
다. 우리의 옷 속에는 항상 이가 들끓었고, 배고픔은 우리
들의 인내를 길러주었다. 부산 서구 초장동의 하늘은 회충
약을 먹은 것처럼 언제나 노랗게 보였다.

충무동 시장 난장에 벌여놓은 어머니의 좌판 위로 떨고
있는 카바이드 불빛은 우리의 긴 겨울밤을 더욱 춥고 어둡
게 만들었다. 장사를 하시는 어머니 옆에서 우리는 절구에
떡을 치거나 고춧가루 기계를 돌려 고추를 빻거나 물지게
로 물을 길어 나르는 일을 했다. 멍석에 펴놓은 뜨거운 고
두밥(술밥)을 부채로 식히거나, 맷돌을 돌려 물에 불은 녹
두를 으깨기도 했다. 유소년기의 체험을 소재로 쓴 시 「가
족」은 이 무렵의 이야기를 시화해놓은 것이다.

천마산 눈썹 아래
초장동 산비탈이 있고
천마산 코딱지 같은 우리 집이 있고
충무동 푸른 바다가 있고
새벽별을 보며 생선도가로 내려가는
이모 집이 있고
바람이 불지 않아도 소리치는
외삼촌 집이 있다
이른 새벽부터 우리 집에 와서
해장술에 취한 천마산은
어머니에게 술국을 더 달라 한다
아버지와 형은 말없이
절구에 떡을 치고
누나와 나는 맷돌을 돌린다
콩나물시루에 물 주는 아우가
손을 놓을 때쯤
누더기 같은 우리의 희망이
빨랫줄에 펄럭일 때쯤
천마산은 바람과 안개를 거느리고
넌지시 산을 오른다


　　　─「가족」

6.25동란이 일어난 4년 뒤 아버지는 타계했다. 아버지가 우리에게 유산으로 남긴 것은 가난과 빚뿐이었다. 어머니에겐 무능한 남편이었고, 우리에게도 무능한 아버지이자 무서운 아버지였다. 그러나 이 무능하고 가엾은 아버지는 평생 동안 나의 문학과 정신 위에 이상하리만치 신앙을 공급해주는 진원지 역할을 하였다.

나는 지금까지 어느 종교에도 귀의하지 않고 있지만, 끊임없는 갈구와 기원, 은혜와 찬미의 기도를 중단한 적이 없다. 종교의 신앙에서 그랬던 것처럼 내 일상의 모든 것을 '아버지'의 이름으로 보고하고 기도했던 것이다. 가계家系의 피붙이로서 나타나는 효孝의 개념이 아니라, 나의 삶이 똑바로 설 수 있도록, 똑바로 인생을 걸을 수 있도록 독려하는 자아의 의지, 자생적 신앙이라 할 수 있다.

중학교를 졸업한 후 어머니를 돕기 위해 나는 야간 고등학교에 다니면서 점원 생활을 했다. 그것마저 여의치 못해 야간 고등학교를 휴학하고 부산에서 속초를 운항하는 500톤짜리 알마크호 여객화물선을 타게 되었다. 이때의 선상생활 체험은 시인이 된 이후 나에게 중요한 시의 소재를 제공했는데, 연작시 「항해일지」가 바로 그것이다. 「항해일지」는 바다를 항해하는 수부의 기록이 아니다. 도시에서 살아가는 소시민의 삶, 도시에서 노를 젓고, 삶 속에서 허우적거리며 살아가는 소외된 사람들의 이야기가 시화되어 있다.

나는 많은 책을 읽지 않았다. 다독보다는 정독 쪽이 나의 체질에 더 잘 맞아떨어졌기 때문이다. 그리고 체계적으로 독서를 해온 편도 아니다. 아마 초등학교 6학년 때쯤부터 책 읽기의 재미를 깨닫게 된 것 같다. 그 무렵 재미있게 읽었던 책들이 나관중의 『삼국지』, 이광수의 『흙』, 김내성의 『청춘극장』, 그리고 『수호지』, 『임꺽정전』 등이다. 겨울방학 때 이불을 뒤집어쓰고 책 대본집에서 빌려온 책을 하루 종일 읽었다.

특히 방대한 양의 『삼국지』를 읽을 때의 재미란 이루 말할 수 없었다. 마치 나의 운명을 모조리 줄에 꿰어서 책장 한 장 한 장마다 연결해놓은 것 같은 감정의 흔들림을 맛보았다. 장비가 죽었을 때 세상이 어두웠고, 나는 슬퍼서 책장을 덮고 오랫동안 쏘다녔다. 관운장이 죽었을 때도 세상이 더욱 캄캄했고, 염세마저 느꼈다. 그토록 몰두했던 『삼국지』는 지금까지 열 번 이상은 읽은 것 같다.

10대 후반부터 감명 깊게 읽은 책으로는 『유치환 시집』, 『서정주 시집』, 『김춘수 시집』, 『청록집』, 『한하운 시집』 등과 엘리엇의 『황무지』, 칼릴 지브란의 『예언자』, 『릴케 시집』 같은 시집류가 대부분이다. 이 가운데 칼릴 지브란의 『예언자』는 함석헌 선생의 번역본이었는데 내게 깊은 감명과 영향을 주었다. 칼릴 지브란은 시의 성서와 같은 음성으로 미궁과 안개 속에 들어 있는 나를 깨웠다. 나는 그의 깊고 심오한 화법話法에서 시인으로서의 자질을 단련했다.

이 무렵에 읽었던 콜린 윌슨의 『아웃사이더』나 앞서도 이야기했듯 이어령, 고은의 언어가 가지는 감각과 감성은 나의 문학 수업의 훌륭한 교본이 되어주었다. 그리고 1960년 독학으로 고3 편입 시험에 합격한 후 전국 남녀 현상문예 콩쿠르와 백일장에서 여러 차례에 걸쳐 입선과 당선을 하게 됨으로써 시인의 꿈을 키웠다.

60년대,《현대시》의 젊은 시인들은 당시 우리 문학의 순수, 참여 논쟁의 한 극을 담당했다. 그러나 지금이나 그때나 나의 문학적 입장은 순수, 참여의 양분론은 무의미하다는 것이다. 문학은 개인이나 사회 혹은 공동체의 가장 절실한 당위성을 가져야 하고, 그것이 문학적 성취를 획득하게 될 때 비로소 순수문학이나 참여문학의 설 자리를 갖는다. 그러므로 문학이 언어예술을 떠나서 생명력을 가질 수 없는 것은 당연하다. '울림'이 있는 문학이라야만 살아 있는 문학이고 좋은 문학이다.

80년대를 풍미했던 민중문학이나 노동문학도 이 같은 바탕에서 볼 때, 이념이나 사상의 도구가 되어버린 설익은 문학보다 절실한 내적 울림을 가진 몇몇 민중 시인들의 문학적 성과는 주목해볼 필요가 있다. 시류를 타지 않는 문학, 영원성과 세계성을 획득하기 위한 문학인의 내적 창작

투쟁은 오늘의 문학인에게 던져진 최대 명제이다. 순수문학의 옷을 입든 민중문학의 옷을 입든 튼튼하고 잘 익은 좋은 문학으로 서 있으면 그것으로 족할 뿐이다.

70년대, 80년대의 군사독재정권을 거치면서도 나의 이같은 문학적 입장에는 변함이 없었다. 자유와 민주를 쟁취하기 위해 억압받았던 당시의 우리 사회를 살아가면서 나는 우회하지 않았고, 비겁하지 않았다. 이 무렵 쓴 나의 시들은 깊은 은유와 암유가 있고, 소외받고 핍박받는 사람들을 향한 위로가 있다.

71년 대선 당시 문학인 선거참관단, 74년 자유실천문인협의회 발기위원에 연루되어 남산 정보부에 끌려가 핍박받았던 날들이 50년의 세월 저쪽으로 흘러가버렸다. 그 무렵 경찰서 정보계의 담당 형사는 일과처럼 나타나 직장(정음사)에서 나의 동향을 체크했다. 직장에서 떨려나게 될 위기 속에서 나는 고통스러운 날들을 보냈다. 나를 압박했던 그 사람들도 지금은 그것이 우리 정치사의 과도기적 악몽이라 생각하고 있을 것이다.

시 창작의 방법론에 있어서, 나는 내가 가진 개성이나 색깔만을 고집하지 않는다. 오히려 남의 목소리에 귀를 기울이며 다양성을 존중한다. 우리 문학의 부흥을 위해 더 많은 종류의 개성이 다른 꽃들을 길러낸 또 다른 시인들에게도 박수를 보내주자.

파벌주의와 편식주의, 시류와 인기에 영합하는 상업주의로 인해 위축된 우리 문학의 다양한 발전을 위해서, 우리는 지난 시절 한국문학이 보여온 폐쇄적 병폐로부터 하루빨리 벗어나야 한다. 그리하여 우리 문학의 정체성 회복과 세계성 획득이 조화를 이룰 때, 한국문학의 세계화 또한 자연스럽게 성취될 것이라 나는 생각한다.

## 나의 시는 무인도, 바닷속에 있다

유채꽃 빛깔의 희망이 액체로 풀어져 넘실거리는 바다, 내가 이 지상에 태어나기 전 우리 젊은 어머니의 얼굴을 하고 있는 고요한 초록빛 바다, 그 바다는 언제나 내가 쓰고 있는 시의 행간 속에 숨어 있는 고향 바다의 빛깔이다. 그 바다 빛깔이 다른 표정을 지을 수 있다는 것을 처음 유럽 여행을 하고서 비로소 깨달았다. 지중해의 바다 빛깔은 짙은 남색이었고, 에게해의 물빛은 하늘이 내려와서 엷은 물감을 풀어놓고 있었다.

바다의 빛깔이 때에 따라 언제나 달라져가고 있긴 하지만 내 시의 행간에 감추고 있는 바다 빛깔은 언제나 초록빛 바다다. 푸른 인광의 불빛이 손가락 끝에서 뚝뚝 듣는 바다다. 사실 나는 우리 젊은 어머니의 자궁 안에 있을 때부터 벌써 그 초록빛 바다를 모두 엿보고 있었던 듯하다.

어린 시절부터 줄곧 바다는 내 곁에 있었고, 나의 삶과 성장을 지켜보고 있었다. 아침에 눈을 뜨면 언제나 초록빛 바다와 먼 섬과 가물거리는 수평선이 유리창에 그림처럼 매달려 있었다. 그러므로 나는 해풍 속에서 반들반들 닦여 가는 자갈돌처럼, 내 삶 속에서 자라나는 조갑지(조개)류의 딱딱한 껍질이 나의 영혼을 둘러싸고 있음을 깨닫게 되었다. 바다에서 자란, 바다를 떠나서 살 수 없는 패각류의 인간이 된 것이다.

그 바다와 고향을 떠나 서울에서 내가 젊은 수부로 내 삶을 노질하기 시작했을 때 부닥뜨린 바다는 이미 어둠과 좌절과 절망뿐이었다. 서울의 어둠과 절망은 남쪽에 두고 온 그 초록빛 바다 쪽으로 밤마다 나를 달리게 했고, 어머니, 어머니의 이름을 기도의 말씀처럼 수없이 되풀이하게 하였다. 물 없는 바다, 황량한 서울에서 날마다 나의 배를 노질하고 자맥질하며 살아가는 젊은 수부, 초록빛 바다가 그립고 어머니가 그리워 밤마다 꿈을 꾸며 남쪽을 향해 헤엄쳐 갔다. 나는 어느새 서울의 바다에 떠 있는 침묵의 언어, 무인도가 되어 있었다.

겨울바다가 보고 싶다. M, 서울의 이 무인도를 잠시라도 떠나서 겨울바다를 보고 싶다. 즐거운 자리에서 비감하게 내가 곧잘 흥얼거리던 「해운대 엘레지」의 동백섬이나 태종대로 가고 싶다. M과 함께 그 해운대에 왔을 때 밤은 깊었고, 겨울 밤바다는 검은 적막 속에 잠들어 있었다. 해안선을 따라 흰 파도가 올라와 모래 해변에 하얗게 레이스를 드리워놓았을 뿐, 겨울바다 그녀는 침상 속에서 잠들어 있었고, 그녀 몸에서는 짙은 향기가 났다.

M과 함께 방한복 깃을 올려세우고 모래 해변을 걸었다. 달빛은 물론 별빛조차 없는 그믐밤. 하늘과 바다가 한 빛으로 경계도 없이 가로막고 있다. 검은 바다를 향해 늘어선 횟집의 불빛이 아늑하고 따스해 보였다. 오늘 밤 귀한 손님이 이 바다에서 뭍으로 오기라도 할 듯, 불 밝혀 밤을 새우는 그네들의 기다림이 눈물겨웠다.

횟집의 불빛으로 보이는 모래사장에 수많은 발자국들이 찍혀 있다. 한여름, 이 모래사장에 가득 모여들었던 인파가 사라지고 난 후, 태풍이 여러 차례 씻어 갔을 텐데도 이토록 발자국이 빈틈없이 찍혀 있음은 어인 일일까. 그 발자국 위에 새 발자국을 남기며, 그 고통과 연민 위에 우리의 것을 보태며 걸어가노라니 맞은편에서 연인 한 쌍이 새로운 발자국을 남기며 우리 곁을 스쳐 지나갔다. 이 겨울에도 바다는 인간을 위해 작은 위안을 마련해두었구나. 같이 살아 있었구나.

쾌적한 밤바다 위에는 황홀한 등불을 켜 단 어선들이 별처럼 떠 있었다. 저건 멸치잡이 배야. 집어등集漁燈이 쏟아놓는 저 황홀한 불빛을 보고 멸치들이 은빛 비늘을 번뜩이며 한꺼번에 투신하지. 희망이라든가, 이상이라는 것에 대해 강한 시력을 갖고 있는 생명체들을 꾀어내는 것이 저 집어등이야. 내가 서울이라는 바다에서 항해할 때도 저 광도 높은 집어등 하나쯤만 갖고 있다면 많은 사람들을 작살낼 수 있을 텐데…… 우리는 웃었다.

모래사장 위에 몇 개의 포장 술집이 아직 등불을 켜놓고 있었다. 우리는 어둠 속의 해변을 걷다가 불빛에 이끌려 포획된 멸치처럼 포장 술집으로 들어갔다. 막소주와 함께 숭어회와 멍게, 해삼, 고둥, 그리고 곰장어를 구워서 먹었다. 겨울바다가 어머니처럼 등을 포근하게 감싸주고 있었으므로 막소주를 병째로 비워내도 취기가 오르지 않았다. 도도한 겨울바다의 정취가 파도 소리 속에 별빛처럼 떠올랐다.

바다를 그리던 사람이 바다를 획득했을 때 얻어들이는 신선한 성취감을 우리는 숙소로 돌아와 각자의 배낭 속에 차곡차곡 접어두고 꿈을 꾸었다. 꿈속에서 나는 겨울바다 그녀의 황홀한 질 같은 말미잘 속에 내 몸과 영혼이 한꺼번에 들어가 있는 것을 보았다.

다음 날 아침, 창밖으로 겨울바다가 눈부시게 다가와 있었다. 검은 비로드 잠옷을 벗고 화사한 치마를 갈아입은 초록빛 겨울바다. 그녀는 창밖에서 새로 화장을 하고 손짓하고 있었다. 전복죽으로 아침 식사를 하고 우리는 바닷가의 눈부신 모래를 밟았다. 면도날같이 차가운 겨울바람이 입을 다물게 했다.

동백섬의 바위들과 듬성듬성한 소나무들이 비어 있는 겨울 바닷가의 흰 모래사장 끝에 이 겨울의 마침표 부호처럼 매달려 있었다. 수평선 위에 떠 있는 하얀 여객선은 우리의 슬픔과 우수를 싣고 먼 나라 어딘가로 가고 있었다.

해운대를 떠나서 송도로 왔을 때는 정오가 조금 지나 있었다. 겨울바다를 찾는 나그네를 위해 선착장에는 해안선을 도는 몇 척의 작은 유람선이 떠 있었다.

노를 젓는 중늙은이 둘이 다투어 자기 배에 우리를 태우기 위해 끌어당겼다. 배에 오르기 전 우리는 선착장 주변에서 아낙들이 삶아 팔고 있는 고둥과 담치, 그리고 술병을 사서 배에 실었다.

두 시간 가까이 바다에 떠 있는 동안 우리는 방한복의 깃을 올리고 옹송그린 채 바닷물에 손을 담그기도 하고, 정겹도록 익숙한 해안과 바위섬 곳곳에 시선을 던졌다. 해방 전에 '마쓰시마'로 불리던 이 송도의 해안 구석구석은 눈을 감아도 모르는 곳이 없을 정도로 어린 시절 익숙하게 뛰놀던 곳이다. 배가 고파 허기에 지쳐서 바위틈의 게를 잡아먹고, 고둥과 보라성게, 담치를 삶아 먹고 해초를 씹어먹던 곳이 바로 이곳이다. 심지어는 여름날 헤엄을 치다 누가 먹다 내버린 사과가 바닷물 위에 둥둥 떠 있는 것을 보면 씻지도 않고 바닷물과 함께 덥석 깨물어 먹었다. 그 사과 맛은 짜고도 싱그러웠다.

뱃사공에게 부탁하여 배를 혈청소 해안 쪽으로 갖다 대게 하였다. 그곳은 옛날에는 암벽뿐이었지만, 지금은 관광객들을 위해 해녀들이 바다에서 잡아 올린 해산물을 즉석에서 요리하여 파는 텐트촌이 되어 있었다.

겨울바다에서 해녀들이 건져 올린 해산물은 신선하였다. 우리는 바위 해안에 올라 해녀들이 피운 모닥불에 손을 쬐며 그네들이 장만한 해산물을 안주 삼아 낮술을 기울였다. 차가운 겨울 바닷바람 속에 이리저리 날리는 모닥불의 매캐한 연기로 인해 눈물을 흘리며 해녀가 갓 꺼낸 보라성게의 알들을 입속에다 털어 넣는 가운데, 이젠 나의 삶이 다른 누군가에 의해 저해받고 침해를 당해도 용서해줄 수 있는 느긋함이 창자 끝까지 찌르르 울려왔다. M은 성게의 노란 알들을 잘 먹지 못하였지만, 나는 그에게 애써서 이 바다의 주인처럼 성게알의 독특한 맛을 설명하며 많이 먹기를 권하였다. 꿈 같은 겨울바다가 술잔 속에서 흔들렸다.

손마디가 굵고 퍼렇게 부푼 늙은 해녀의 손등이 거칠었지만 이 바다를 지키는 해신海神의 아내처럼 정겨웠고, 이 바다를 거느리는 내 어머니의 마음같이 포근해 보였다. 우리는 그녀에게 술잔을 권하였다. 어머니, 이 바다가 품고 있는 모든 것을 보자기에 싸서 제가 서울 갈 때 조금은 가져갈 수 있도록 해주세요, 하고 나는 말하지 않았지만 내 몸속의 뼈마디에서는 그것들이 하나하나 각인되고 있었다.

초록빛 겨울바다여, 이제 우리들은 잠시 머물다가 곧 일어서야 할 나그네가 아니랴. 저 서울의 그로테스크한 무인도에서 먼 초록빛 바다를 그리워하는 패각류의 나그네가 아니랴.

먼바다의 무인도 어디에서 붉은 동백 꽃망울이 열리는 시간, 우리는 다시 배에 올랐다.

# 찬란한 축복

"내 영혼의 불꽃을 꺼뜨리지 말게 하소서."

내가 척추 수술을 받고 두 달 동안 입원해 있을 때 수술 전날 밤 병상에서 신을 향해 밤새도록 걸어가며 중얼거렸던 기도의 말이다. 1976년 겨울, 한양대학 부속병원 10층 9호실이었다.

살기 위한 강력한 생명에의 집착 때문에 나는 금식 팻말이 붙은 병상에 알몸으로 누운 채 내 영혼이 발산할 수 있는 모든 힘과 진실을 불러들여 신께 이야기하였다.

"당신의 의義와 사랑을 내 배에 가득 싣고 떠나게 하소서. 나의 싸움을 중단치 말게 하소서."

새벽의 보랏빛 어스름이 병실 창문을 뛰어넘어와 병상 위의 내가 감고 누운 초록빛 시트 위로 풀어지기 시작할 무렵, 나는 온전히 내 생명을 신에게 맡길 수 있었다.

내가 애착하고 집념하고 연연하던 생명의 열쇠를 스스로 신께 돌려줄 수 있는 안락함 때문에 나는 비로소 두려움을 벗어날 수 있었다.

다섯 시간에 걸친 대수술이 끝나고 회복실로 병상이 떠밀려 나왔을 때 의식을 조금씩 회복하기 시작하는 혼수상태 속에서 나는 황홀하고도 안락한 궁궐의 침실에 눕혀 있었다. 궁궐의 정원에는 눈이 따가울 정도로 아름다운 꽃들이 다투어 피어 있었고, 아리따운 궁녀들이 춤추듯 물결처럼 움직이며 과일을 바구니에 따 담고 있었다.

환영이 아니라 실제로 회복실에는 대여섯 명의 간호사들이 부지런히 움직이고 있었던 듯하다. 나는 황제가 된 기분으로 부지중에 무슨 소릴 지껄인 듯한데, 이어 까르르하고 여인들은 웃어댔고 꽃으로 수놓은 침상에서 여인들이 내 얼굴을 내려다보고 있었다. 너무 현란하여 졸음이 오고 해서 나는 다시 황홀 상태의 잠 속으로 빠져들어 갔다.

아마도 회복실의 간호사들이 편안하고도 안락했던 내 영혼의 프리즘에 굴곡되어 가수상태假睡狀態 속에서 궁궐과 궁녀로 나타나 보였던 모양이다.

그러나 수술 뒤 일주일 동안은 지독한 고문과 악몽에 시달려야 했다. 수술 때 들이마셨던 마취제와 가래를 계속 뱉으라고 악을 쓰는 의사들의 무서운 고함 소리 때문에 황홀한 환상세계로부터 쫓겨나 고문을 당하듯 억지로 가래를 뱉어내야 했고, 수술 뒤 계속되는 병명을 알 수 없는 고열로 인해 새로운 싸움을 시작해야 했던 것이다. 이상한 고열이었다.

일주일 동안의 낮과 밤을 얼음주머니로 채워진 병상에 누워서, 얼음주머니를 양 옆구리에 껴안거나 머리 위에 올려놓고 고열과 통증과 싸웠다.

길고 지루하고 춥고 어두웠던 일주일간의 터널을 지나 어느 봄날 아침, 아내의 부축을 받으며 무거워 자꾸 꺾어지는 머리를 가까스로 세우고 병실 창문 앞에 서서 바깥을 내다본 순간 나는 경악하였다.

아아, 거기엔 신의 축복과 은총을 받은 싱그러운 생명들이 눈부시게 번쩍이며 약동하고 있었다. 거뭇거뭇하던 죽은 나무들엔 새잎과 꽃들이 화창하게 매달려 있었고, 테니스 운동장에선 건강하고 발랄한 젊음들이 하늘에다 공을 퐁퐁 쏘아대고 있었다.

신이여, 이제 다시 저들과 같이 축복받게 됨을…… 가슴속에서 치솟아 오르는 찬란한 감동 때문에 나는 부르르 몸을 떨며 아내의 좁다란 어깨에다 머리를 기대었다.

# 절실한 마음이 일어날 때, 그때 시를 쓸 거예요

아우 김종철 시인과 나의 나이 차는 여섯 살이다. 내 바로 밑에 세 살 터울의 아우가 있었는데, 유아 때 병사했다. 김종철 시인이 태어나던 해 어머니는 시루떡을 만들어 충무동 시장에 내다 파는 떡장사를 하고 있었다. 여섯 살 차이라도 어리긴 마찬가지인데, 나는 어머니가 시키는 대로 동생을 돌보아야 했다.

내가 여덟 살 때였다. 동생을 업고 놀다가 힘에 부쳐 땅바닥에 쓰러졌다. 코피가 터져 범벅이 된 얼굴로 집에 갔는데, 어머니는 오히려 나를 야단쳤다. 아기를 소중히 돌보지 않고 장난을 치다가 다치게 할 뻔했다는 것이다. 김종철은 찢어지게 가난한 집안의 막내로서 항상 아버지와 어머니의 귀여움을 독차지했다.

김종철이 남부민초등학교 5학년 때, 나는 해동고등학교 야간부에 재학중이었다. 김종철의 학교 성적이 좋지 못해 나는 동생의 개인교사 노릇을 자청했다. 같은 초등학교에 다니는 최경출이라는 사촌동생과 김종철을 교회 종소리가 울리는 새벽 5시에 깨워 회초리를 들고 가르쳤다. 물론 성적은 쑥쑥 올랐고, 김종철은 소원대로 이듬해 대신중학교에 진학했다.

김종철이 문학에 눈뜬 것은 대신중학교 시절부터다. 김종철의 습작시를 보고 "이렇게 써보는 것이 어떨까?" 하고 가르쳐주었는데, 놀라운 재능을 보였다. 당시 부산 경남 지방의 교육 문화기관에서 주최하는 백일장에서 김종철은 가는 곳마다 입선과 당선, 장원을 차지했다. 당사자인 김종철보다 오히려 뒷전에 있던 내 기쁨이 더 컸다.

1962년 2월, 나는 서울로 무작정 상경했고, 가정교사로 혹은 과외교사로 생활 터전을 다져나갔다. 그리고 다음 해 3월 《자유문학》 신인상 당선으로 문단에 나온 이후 1965년 《경향신문》 신춘문예에 시가 당선되었다. 뒤이어 1967년경 김종철이 서울로 올라와 금호동에 있는 내 집에서 서울 생활의 첫발을 내디뎠다. 나의 부양가족은 아내와 두 아들, 그리고 어머니와 동생 하나가 더 늘어난 셈이었다.

김종철은 내가 밟았던 전철을 꼭 그대로 되짚었는데, 내가 앞서 놓은 디딤돌을 똑같이 내디뎠던 것이다. 서울에서의 가정교사, 과외, 출판사 편집 일, 신춘문예 출신 시인으로 등단. 모두가 닮은꼴이었다. 다만 그가 서라벌예대에 장학생으로 진학해서 대학 생활을 했고, 태평양화학 홍보실에서 근무했던 점이 달랐을 뿐이다. 그러나 이 두 가지도 시와 시인의 매개로 이루어진 것이었다.

훨씬 뒤에 도서출판 '문학수첩'을 창업하고 문학, 아동도 서를 간행한 것도 내가 지나왔던 행로에서 벗어나지 않았 다. 그러나 김종철은 사업에 대한 기획 능력이 예리하고 경 영 수완이 탁월했다. 〈해리포터 시리즈〉로 출판 대박을 이끌 어낸 것도 김종철의 예리하고 탁월한 판단 능력에서 비롯되 었다고 할 수 있다. 〈해리포터 시리즈〉의 성공은 출판사상 전무후무한 것이었다. 그 중심에 자랑스럽게도 내 아우가 있었다는 데 우리 가족들은 은혜로움과 감사함을 느낀다.

아버지의 기일은 7월 여름방학, 어머니의 기일은 12월 겨울방학 때이다. 우리 남매는 3남 1녀인데 장남인 김종석 형이 제사를 모신다. 해마다 고향인 부산을 찾아가는 철새 시인들. 한 번도 기일에 빠진 적이 없다. 3남 1녀가 이날만 은 서로 반갑게 얼굴을 맞댄다.

문학세계사의 효자 노릇을 한 베스트셀러는 헨리 밀러 의 『북회귀선』과 가스통 르루의 『오페라의 유령』이다. 이 들 작품이 없었다면 '문학세계사'라는 이름은 진작 퇴출당 하는 아픔을 맛보았을 것이다. 이들 덕분에 평생의 숙원이 었던 시 전문 계간지 《시인세계》도 빛을 보게 되었던 것이 다. 《시인세계》는 11년간 통권 45호까지 간행하였고, 현재 는 휴간중이다. 좋은 시지詩誌는 나의 꿈이다.

보통 하루 중 어느 때를 가려 시를 쓰지는 않는다. 꼭 쓰고 싶은 시일 경우엔 밤을 새워서라도 쓰지만, 대개는 출판사 사무실에서, 오전 시간에 짬을 내어 쓴다. 그러나 나는 과작의 시인이다. 청탁을 받고서도 대개의 경우 거절한다.

신춘문예 심사와 문예지 및 시 전문지 심사에서 내가 뽑은 신인들이 등단 이후 좋은 시를 쓰고, 좋은 시인의 길을 밟게 될 때는 남다른 기쁨을 갖는다. 신인들의 작품을 심사할 때 잘빠지고, 잘 익은, 매끈한 시보다 다소 껄끄럽더라도 자기 목소리가 있고, 개성과 화법이 새롭고, 색다른 컬러를 가진, 실험적이며 낯선 시 등에 눈길을 준다.

해독이 불가능한 난해시는 시가 아니다. 시에 대한 적절한 이해가 이루어지지 않는다면 그 시는 실패한 시이며, 또한 시가 아니라는 것이 내 생각이다. 난해시를 이해하기 위해 구차하게 시의 초점을 맞추고, 시를 연구해서 이해한다면 시의 의미와 가치는 이미 잃어버리고 만다. 쉬운 시, 이해가 되는 시, 시를 읽고 울림을 받아들일 수 있으면, 그 시는 시의 역할을 충실히 이행한 것이라 볼 수 있다.


2001년에 간행된 시집 『풀』을 냈을 때, 인터뷰를 요청한 기자가 물어왔다.

"다음 시집은 언제쯤 볼 수 있을까요?"

나는 망설이지 않고 말했다.

"10년쯤 뒤가 될 것 같아요."

"왜 그렇게 시간을 길게 잡나요?"

"예, 시 쓰기가 너무 힘들고, 함부로 붕어빵 찍듯이 찍어
내는 시를 쓰기 싫어서 그래요. 정말 절실함이 일어날 때,
그때마다 한 편씩 쓸 거예요. 지금은 시를 쓰기 싫어요."

## 못과 나의 가족사

'못'을 소재로 해서 연작시를 썼던 아우 김종철 시인의 「못」은 이제 그의 전매특허가 되어 있다. 뿐만 아니라 못에 관한 연작시로 그가 편운문학상을 수상하게 되었을 때 시상식장에서 이야기했던 수상소감은 좌중을 웃게 할 만큼 퍽 재미있었다.

"내 이름 김종철의 한문 글자 한 자 한 자마다 쇠못이 들어 있습니다. 이젠 철물점 하나 차려도 될 만큼 나는 많은 못을 가지고 있습니다."

그가 전매특허로 시에 등록해놓은 '못'을 떠올릴 때마다 내 몸속에도 많은 못들이 비죽이 대가리를 내밀고 있어, 일단 그 못들을 정리해둘 필요가 있다고 나는 생각했다. 그것들은 거의 다 녹이 슬어 있거나 상처로 남아 있다.

아우의 철물점 앞에서 '웬 못?' 이야기인가. 매우 희화적이긴 하지만, 어쨌든 김종철의 철물점에서 못 하나를 꾸어 왔다.

김종철의 못은 종교적인 깊이와 체험에서 학대받은 자의 상처가 이야기되고 있지만, 나의 못은 통제사회와 현실의 갈등 구조 속에서 소외당한 자의 상처를 들추어낸다.

　70년대 초 나는 몇 차례 정보기관에 연행되었다. 71년 실시된 대통령 선거 문학인 참관단 결성과, 그 이후 부정선거를 규탄하는 문학인 참관단의 성명서 파장 때문이었다. '조용한 아침의 나라에 자행된 또 하나의 쿠데타'라는 성명서는 국내 신문에는 게재되지도 않았지만, 외신에는 크게 보도되었다.

　70년대 중반에는 자유실천문인협의회 발기인 결성과 관련지어 정보기관에서 조작한 문인 간첩단 사건에 연루, 자유실천문인협의회 발기인 63명 전원이 연행되어 조사를 받았다. 그때 사회와 현실 쪽으로 비죽이 대가리를 내밀었던 나의 못대가리는 영락없이 정보기관의 망치를 맞았고 내가 가진 최소한의 개인적 삶과 자유는 여지없이 못뿌리까지 뽑혀 올라왔다.

　억압받고 통제받는 사회에서 자유를 지향하는 개인의 삶과, 이들 개인의 피와 사랑이 응고된 공동체 정신의 실현이 나의 소박한 하나의 희망이었다. 자유와 민주화의 새벽을 기다린다는 표현이 더 맞는 말이다. 못대가리를 숨기고 있었으면 끌려가지 않았을 것이고, 맞지 않았을 것이고, 뽑히지도 않았을 것이다.

그러나 나는 참을 수도 없을 뿐만 아니라 감출 수조차도 없다. 나는 아마 모난 돌의 전형이 아닐까 싶다. 모난 돌이 정 맞는 것은 당연한 이치이다.

당시에 발표된 나의 시들을 보면 직설적 화법을 피하고 있다. 좀 더 우회적이고 은유적이며 환기적이다. "깨어야 할 때가 벌써 왔습니다"로 시작되는 「오늘의 이 침묵은」이라는 작품이 그 무렵 《동아일보》에 발표되었을 때, 주위에서 안부와 안위를 묻는 전화가 수없이 걸려왔다. 검은 바탕에 흰 글자로 된 제목이 너무 크고 한눈에 들어올 수 있도록 편집되어 있어, 이 시를 발표하고 난 다음 나는 가장 많은 독자들로부터 격려 전화를 받았다.

그러나 나는 다시 고통의 심연과도 같은 사회적 실어증에 빠져들게 되었다. 당시 내가 근무하고 있던 정음사를 통한 정보부의 압력 때문이었다. 직장에서 떨려나게 될 위기에 놓인 것이다. 입조심, 행동 조심 속에서 나는 사회적 실어증에 갇혀 끙끙대기 시작했다.

내가 가진 못대가리는 이때부터 사라지기 시작한다. 아주 없어진 것이 아니라 표면에서는 사라지고 그보다 안쪽 깊은 곳으로 자리를 옮긴 것이다. 「웬 못?」이라는 작품을 보면 나의 가족사 일부가 이야기되고 있다. 나 '김종해'라는 화자와 아우 '시인 김종철', 아들 '시인 김요일'의 이야기가 삽화처럼 얽혀 있다.

학내 시위를 주동한 혐의로 서초경찰서 유치장에 수감되어 있던 아들을 면회 갔을 때, 나는 그놈의 못대가리를 보았다. 그놈이 가진 못대가리는 진보와 혁신이라는 이름을 달고서 내가 가진 못대가리보다 더 크게 비죽이 나와 있었다.

"아서!" 나는 아들에게 주고 싶은 말을 하고 있다. 불행했던 시대의 안개가 걷힌 오늘에도, 우리의 개인적 삶에서 상처받지 않기 위해서는 못대가리를 숨기는 것이 지혜롭다는 것을.

아우가 쓰는 못을 보면 흥미롭다
그의 못은 모두 사람에게 박혀 있다
못을 박아본 사람보다
못에 박혀본 사람,
못뿌리까지 뽑혀본 사람은 안다
못대가리를 가지고 있는 사람이
왜 위험한가를
감출 수 없는 못대가리 때문에
맞아본 사람은 안다
열불 터지는 일에서 돋아나는
그놈의 못대가리
참을 수 없는 못대가리 때문에

청량리 경찰서에서도 뽑혔고
남산에서도
나의 못은 뽑혔다
못대가리를 숨기는 것은
지혜롭다
나는 못을 보면 놀란다
유치장에 갇힌 아들의 못대가리,
아서!
나는 아들의 못대가리가 보이지 않기를
권고한다


　　　―「웬 못?」

# 아우 김종철 시인

아우 김종철 시인의 장례식이 있던 2014년 7월 8일(음력 6월 12일)은 아버지 김재덕 님의 사후 60주기 기일忌日이 다. 그 7월은 다시 우리 가족들에게 이별의 슬픔과 한으로 얼룩지게 했다.

김종철은 부산시 초장동 3가 75번지 산동네에서 아버지 김재덕 님과 어머니 최이쁜 님 사이 3남 1녀 중 막내로 태 어난다. 부두 노역자였던 아버지가 파상풍으로 젊은 나이 에 일찍 별세하자 젊은 어머니 혼자서 식솔들을 먹여 살린 다. 우리들은 충무동 시장에서 음식 장사를 하는 어머니를 위해 스스로 역할을 나눠 일을 도왔다.

물을 길어오고, 아궁이에 불을 지피고, 절구통에 떡을 치 고, 맷돌을 돌리고, 찐 고두밥을 멍석 위에서 부채로 식히 고, 시루떡과 찰떡을 시장으로 나르는 등의 수많은 일들 가 운데 아우 김종철이 맡아서 한 일은 콩나물시루에 물 주기, 부채로 고두밥 식히기, 잔심부름 등이었다.

김종철 시인은 이 무렵의 유년 기억을 시로 썼는데, 2013
년 그가 마지막으로 펴낸 시집 『못의 사회학』에 들어 있는
「콩나물」이라는 시가 그것이다.

어린 내가 일손 돕기 위해
매일 물 주고 기른
한 입 젓가락에 집힌 콩나물 사이
흰 천을 다독다독 머리 인
가족 같은 콩나물시루 사이.

중학교 때부터 글쓰기에 재능을 보이기 시작한 김종철은
문예장학 특기생으로 진학한 배정고등학교에서도 학교 백
일장은 물론, 여러 지방 예술제에 참여해 장원 특선 입상을
휩쓸었다. 시상식을 끝내고 집으로 가져온 스테인리스 우
승컵만 해도 열네댓 개가 되었는데 이 우승컵들은 천마산
초장동 생가生家가 원인 모를 화제로 잿더미가 되었을 때
고철이 되어버렸다.

이 무렵 경남 지방 백일장 등에서 김종철이 처음으로 만
난 청년 문사가 시인 오규원, 아동문학가 임신행 등으로 이
들은 아우 김종철의 시적 재능과 가능성을 이미 예측해주
었다.

부산 용두산공원 아래 천주교 성당이 있었는데, 당시 중년 나이의 박데레사 수녀님이 그곳에 계셨다. 나는 박데레사 수녀님을 존경하고 사랑했다. 오랜 시간 동안 지속해온 천주교 교리 공부를 끝내고 영세를 받아야 하는데 스무 살의 나는 왠지 슬펐고, 정신적인 방황을 끝낼 수 없었다. 그 성당에 중학생인 아우 김종철을 데리고 갔다.

김종철은 신심이 깊고 독실했다. 교리 공부를 끝낸 아우는 곧 영세를 받고 천주교 교우가 되었다. 세례명은 아우구스티노, 이후 김종철 아우구스티노는 죽을 때까지 한평생 독실한 천주교 교우로서 신앙을 실천했고, 하느님의 부름을 받고 떠난 지금 그의 유해는 서울 마포의 절두산 순교성지 부활의 집에 봉안되어 있다.

김종철 아우구스티노는 살아생전에 평생토록 형인 내가 천주교 세례를 받기를 희망했다. 내 사무실이 있는 마포 인근 절두산에 영생과 복락의 새집을 마련한 그가 이젠 나를 교회로 인도할 것이다.


1967년 아내와 나는 서울 금호동 일대에서 전셋집을 전전하며 어머니를 모시고 살았는데, 이때 부산에서 살던 김종철도 상경하여 한집에서 같이 살았다. 김종철은 이듬해 《한국일보》 신춘문예에 시가 당선되었고, 서라벌 예술대학에 문예장학생으로 입학하였다. 서정주, 박목월 두 스승을 모시게 된 이야기, 대학에서 박정만, 이시영, 감태준 시인 등 문인들과의 교우 관계, 이근배, 조태일 시인 등 《신춘시》동인들과의 작품 활동을 김종철을 통해 듣게 되었다.

그 무렵 나는 김영태, 정진규, 이수익, 이승훈 등의 시인과 《현대시》동인 활동을 하고 있었기 때문에 시단의 크고 작은 움직임을 잘 알 수 있었다. 형제 시인의 그 첫 시작은 동인지 선택과 활동부터 달랐던 것이다.

김종철의 첫 직장은 박목월 선생의 주선으로 마련되었는데, 출판 관계 일을 하는 '마을문고'였다. 두 번째 직장도 박목월 선생이 적극적으로 추천한 '계몽사'였다. 박목월 선생의 제자 사랑은 남달랐다. 그러나 김종철은 두 직장 모두 1년 남짓 일하다가 그만두었다.

이때 출판계에 몸담았던 경험이 이후 출판인으로서 '문학수첩'을 창립하여 대성할 수 있는 계기가 되었다고 나는 생각한다. 시인 주문돈, 오규원, 임영조 등과 함께 태평양화학 홍보실에서 몇 년 동안 일한 적도 있었는데, 그곳에서 김종철은 평생의 반려자를 만난다. 당시 태평양화학 창립 경영진이었던 부회상의 따님 강봉자 님이다. 두 사람은 사내 연애결혼을 하였는데, 김종철의 대표시 「못」 연작시나 「고백성사」에도 나오는 '아내'가 그 사람이다. 두 사람은 죽음이 갈라놓을 때까지 서로 사랑하며 해로한 셈이다.

한 시인이 죽을 때까지 쓴 모든 시편들을 보면, 그 시편들의 성격과 경향과 이념이 연대마다 각기 다르다. 개인의 사적인 감정을 노래한 서정시가 있는가 하면, 사회적 이념과 정치 이념에 치중된 참여시나 민중시도 있다. 김종철은 자기 삶을 온전히 저 스스로 살아가면서 가장 절실하고 소중한 것부터 시화하고 노래한 것을 볼 수 있다.

'어머니'를 제재로 한 슬프고 이름다운 수많은 서정시편들을 볼 수 있는가 하면, 베트남에 참전하여 생명의 소중함과, 사상과 이념의 헛된 갈등을 고발하는 생생한 목소리를 시화한다.「못」연작시는 자기 자신을 통해서 구원을 갈구하는 종교시이다. 시인은 모든 것을 보아야 하고, 모든 것을 말해야 하며, 모든 것을 써야 한다. 그러므로 서정시, 순수시, 참여시 등 그 모든 시의 장르와 형태를 가리지 않고 구사해야 하며, 사람의 마음을 움직일 수 있는 가장 적절한 언어로 시화해야 한다. 케케묵은 참여시, 순수시의 논쟁이 있었던 그 시대에도 김종철은 그 밖의 모든 시의 방법론들을 가리지 않고 썼다.

김종철 시인이 죽기 직전에 쓴「못」연작시(《시인수첩》, 2014. 봄호) 여섯 편은 일본군 위안부 피해자들에게 가해진 폭력의 역사를 새롭게 환기시키고 있다. 이는 우경화하는 일본에 대한 강력한 경고이며, 국가적 현실 문제를 외면하지 않겠다는 시인의 선명한 역사의식으로 볼 수 있다.

― 시인이여, 시대와 사회와 역사가 요구하는 것 이외에도 한 개인이 요구하는 가장 절실한 것, 소중한 것, 목마른 것 그 하나하나를 시로 써서 독자의 심장으로 옮겨주자. 독자를 움직이자.

　― 한 줄의 시가 세상을 살립니다.

　김종철 시인의 활달하고 호방한 목소리가 그가 남겨놓은 시 속에서 들려오는 듯하다.

# 아버지와 「항해일지」

김재덕金載德, 마치 클라크 게이블처럼 콧수염을 길렀던 사나이. 1954년 그 여름에 아버지는 우리에게 유산 하나 남겨놓지 않고 무책임하게 타계하였다. 그가 남겨놓은 것이 있다면 궁핍과 가난과 널빤지로 만든 판잣집 한 채와 젊은 아내와 어린아이들 넷이었다. 거기다가 아버지의 병 치료를 위해 끌어들였던 힘겨운 사채뿐이었다.

아버지가 눈을 감던 그 여름날 저녁 황혼 무렵, 바람은 이상하게 나무 울타리 바깥에서 눈을 내리깔고 있었다. 아버지의 임종을 지켜보던 나는 그가 숨지기 전에 무엇인가 해야 할 일이 있었다. 아무리 떠올려보아도 그가 생존해 있을 때 내가 해야 할 일이 얼른 생각나지 않았다. '아직 아버지가 살아 있을 때' 추억처럼 표지판처럼 남겨둘 것은 아무것도 없었다.

그의 지기였던 옆집 '복쌍'이 숟갈로 물을 떠먹일 동안 나는 나무 울타리로 둘러싸인 다섯 평 남짓한 뜰의 안쪽에 있는 수챗구멍에다 세 차례나 오줌을 누었다. '아버지가 살아 있을 때' 내가 한 일은 이것뿐이었다. 무책임하게 숨을 거두었던 그 사나이와 나를 연결시킬 수 있었던 일은 결국 내가 수챗구멍에다 오줌을 누었던 일로 끝나버렸다.

그때 나는 열네 살의 중학생이었고, 아우 김종철 시인은 여덟 살이었다. 그러나 아버지가 살아 있을 때 오줌을 누었던 그 일은 수십 년이 지나서까지도 내 생활의 의식과 정신에 하나의 신앙처럼 생동하는 리듬으로 남아 있다.

나는 오줌을 눌 때마다 아버지를 생각한다. 병골로 깡마른 그 사나이의 수척한 모습을 사모하고 그리워하는 효심에서이기보다 내가 나 자신을 확인하고 실증하는 신앙과 신념과 기도로서의 정신이 더 크게 작용해서이다. 오줌을 눌 때마다 그 사나이를 떠올렸고, 오줌을 눌 때마다 나는 기도하는 마음을 가졌다.

청년기에 친구들과 어울려 술판을 벌이며 시간을 탕진할 때도 나는 화장실에 서서 속으로 짧게 말한다.

'아버지, 저를 불러내소서. 저를 불러내어 일하게 하소서. 좀 더 큰일에 몰두하게 하소서.'

그날그날 살아가면서 일어났던 크고 작은 일에서부터 얻은 것, 잃은 것, 슬픔과 기쁨, 즐거움과 괴로움의 모든 것을 알리고 보고하고 감사하고 투정하는 일지적日誌的인 기도와 대화가 나의 안에서 자리잡게 된 것이다.

그러나 화장실에서 '그것'을 반드시 잡고서야 기도를 하게 되는 우스꽝스러운 나 자신의 모습 때문에 나는 누구에게도 나의 비밀을 이야기하지 못하였다. 그렇지만 나의 이 기도는 내 의지와 신념의 확인이며 끈질긴 힘과 용기의 공급처이다. 그러므로 끊임없이 나는 아버지에게 이야기하고 기도하지 않으면 안 되었다. 가령 여행 도중 기차 안 화장실에 섰을 때도 나는 아버지에게 이야기한다.

'아버지, 저의 여행을 무사히 마치게 해주소서. 저뿐만 아니라 여행을 하고 있는 모든 사람들이 안전하게 여행하고 그들의 보금자리에서 그들을 기다리고 있는 사람들에게 돌아가 기쁨을 배달하게 해주소서. 아버지, 당신의 무량함을 축원합니다.'

또 남의 집을 방문하여 그 집의 화장실을 쓰게 되었을 때(이런 때 나는 별로 방뇨 의사가 없는데도 불구하고 화장실을 사용한다) 나는 아버지를 만난다.

'아버지, 이 집안을 융성케 하소서. 저들이 부지런히 땀 흘리어 뿌린 씨앗을 저들이 노력한 대가만큼 어김없이 거두어들이게 하소서. 이 집안의 안정과 행운과 번영을 지켜주소서.'

나 자신의 문제에 대해서는 아버지를 수시로 만나고 있으므로 그 대화를 일일이 말할 수는 없다. 이런 때 만나는 아버지는 나에게 피를 나누어준 생부生父로서의 아버지가 아니라 절대자로서의 신에 가깝다. 실제로 나는 신앙생활을 하고 있지는 않지만 구도자들이 하는 것처럼 신을 향하여 걸어가고 있으며, 익숙하게 신을 향하여 담소하는 것이다. 그러므로 이때의 아버지는 나의 아버지로서보다 기독교인들이나 불도들이 갈구하고 이상하는 절대자이며 신의 등위等位로서 내 안에 존재한다. 김재덕이라는 사나이의 개념이 아닌 그 '아버지'를 나는 언제나 만나고 있는 셈이다.

그 아버지를 나는 술집에서도 만난다. 나는 어느 술집에서 술에 취하여 비틀거렸고, 술에 취하여 부도덕하였고, 술에 취하여 오만하였다. 나는 몹시 비틀거리며 그 술집의 화장실로 들어갔다. 화장실의 벽에는 거울이 있었고 거울 속에는 붉은 전등에 추하게 일그러진 작은 사나이가 비틀거리고 있었다. 거울 속의 사내를 보고 나는 말을 걸었다.

'이놈, 네 얼굴을 보아라. 추하지 않으냐.'

'아버지, 한잔했습니다. 한잔 마셨어요. 제가 무슨 신분가요, 무슨 목산가요? 그보다 인간이지 않아요.'

'그렇다면 차라리 지금보다 더 철저하게 부도덕하고 더 철저하게 악마의 마음에 드는 놀이를 해야지.'

'알겠어요 아버지, 무슨 말씀인가 알겠습니다.'

'자, 그렇다면 우선 손으로 머릴 빗질하고, 자자, 저 옷매무새도 좀 단정하게, 옳지, 저 추한 표정은 네 속성이니까 그대로 두고…….'

나는 거울을 들여다보며 머리를 빗질하였고, 다소 엉클어진 옷매무새를 바로잡고 섰다. 그리고 거울 속의 사나이가 눈을 비틀거리지 않을 때까지 가만히 들여다보았다. 화장실로 들어설 때와는 전혀 딴판으로 꼿꼿이 나는 걸어 나올 수 있었다. 이처럼 아버지는 나의 정신과 행동의 교정자 역할도 하였다.

인간 김재덕, 마치 클라크 게이블처럼 콧수염을 길렀던 사나이, 부둣가에서 하역작업을 하다가 상처의 오염 때문에 작고한 노동자. 그 아버지의 기일忌日이 30년이 지난 1982년 8월 1일(음력 6월 12일)이었다. 맏형의 집이 부산이기 때문에 아우 김종철의 가족과 우리 가족은 함께 휴가를 이용해서 아버지의 기일에 참례하였다. 그날 밤, 새로 이사한 맏형의 집 화장실에 서서 나는 아버지를 불렀다.

'아버지, 오소서. 당신이 30년 전에 버린 젊은 아내와 당신의 아내가 출산한 네 남매와 그 네 남매가 출산한 손자와 손녀들이 오늘 저녁 모여서 당신을 기다리고 있습니다.'

여기까지 이야기했을 때 문득 으스스한 음기의 바람이 이는 듯했다. 나는 그 이상의 말을 중단한 채 헛기침을 하고 화장실을 물러나왔다. 귀기를 믿지 않는 탓도 있지만, 샤머니즘적 귀기를 싫어하기 때문이었다.

제사를 마친 다음 날 아침, 사촌의 주선으로 사촌의 가족과 함께 네 가족이 상주 해수욕장으로 향했다. 민박으로 일박하면서 남해도의 상주 해수욕장을 둘러보는 가운데 이즈음 내가 바다를 소재로 쓰고 있는 연작시 「항해일지」를 생각하였다.

　　「항해일지」는 바다 이야기를 쓰고 있으면서도 바다 위의 항해가 아닌 도시의 삶을 살아가는 사람들의 도시적 항해 이야기이다. 이 연작시는 바닷가에서 살아왔던 내가 중학교를 졸업하고 한때 5백 톤급 알마크호의 임시 승무원으로 일하고 있을 때의 경험이 상당히 축적되어 있다.

　　연작시가 바다와 관련된 이야기이므로 바다에 관한 경험적 요소의 촉발을 위해 뱃사람들이나 낚시꾼들의 이야기를 귀담아듣고 바다의 생물이나 생태를 눈여겨 봐두어야 할 것 같았다. 그래서 다음 날 새벽 5시쯤 배를 빌려 타고 낚시를 하러 나가는 사촌형을 따라 남해섬에서 얼마 떨어져 있지 않은 작은 섬까지 건너갔다.

　　멀리 섬들이 희끄무레하게 떠올라 있었다. 배를 타고 가면서 을지로나 종로, 청계천에서 노를 젓고 살아가는 사람들을 떠올렸다. 그 사람들이 땀 흘리며 그물을 깔아놓은 해전海田을 생각하였다. 해저로 해저로 침몰해가고 있는 도시를 생각하였다.

바위섬에서 낚시를 물에 담가놓고도 나는 계속 미끼를 놓친 빈 낚싯대만 들어올렸다. 외로운 도시, 빈 도시에서 내가 이즈음 살아가는 삶의 방법도 저러하거니, 저 도시의 어느 곳에 내 삶의 배를 정박할꼬.

몇 마리의 잔챙이를 들어올리고 나서 나는 낚싯대를 거두었다. 그리고 바다를 등진 바위틈에다 방뇨하면서 아버지에게 중얼거렸다.

"아버지, 쓰러지면 다시 일어서게 해주소서. 이 끊임없는 싸움에서 달아나지 않게 해주소서. 나의 삶이 허위의 삶이라면 나의 그물에 허위만 가득 끌어올려지게 하소서."

4부

# 그 약을 다 먹으면 나는 잠들리라

지금 무인도에서 홀로 살고 있더라도 우리의 삶이
무인도가 마지막 삶이 아니란 것을 우리는 알고 있다.
혹한의 겨울이 끝나면 봄이 온다는 것을 우리는 안다.
내가 쓰는 시의 메시지는 여기서부터 시작이다.

## 시를 쓰고 싶지 않았다

만 1년 동안 시를 쓰지 못하였다. 시를 쓰고 싶지 않았다. 시 속에 있기보다 시의 바깥에서 있고 싶었다. 일종의 가출이다. 시로부터 멀어지기, 시로부터 달아나기, 그러나 그것은 헛일이었다. 그 구심점에서 나는 한 발자국도 못 나왔다. 「잡초 뽑기」는 시를 향한 나의 파업 이후 첫 작품이다.

호미로 흙을 파면서

잡초를 뽑는다.

잡초들은 내 손으로 어김없이 뽑히고

뽑힌 잡초들은 장외로 사라진다.

옥석玉石 구분하는 나의 손도 떨린다.

하늘은 이 잡초를 길러내셨으나

오늘은 내가 뽑아내고 있다.

밭을 절반쯤 매면서

문득 나는 깨달았다.

이 밭에서 잡초로 뽑혀 나갈 명단 속에

아, 어느새 내 이름도 들어가 있구나!


　　　—「잡초 뽑기」

# 텃새는 동물병원에 갈 수조차 없다

아침에 서오릉 입구에서 마포까지 날아갔다가, 저녁에
마포 하늘을 가로질러 갈현동까지 돌아오는 텃새 한 마리
의 궤적을 날마다 보고 있다. 이 텃새가 무겁게 지고 있는
등짐 속에 무엇이 담겨 있는지에 대해 나는 관심이 없다.
나는 정말 그 텃새에게 관심이 없다.

다만, 이즈막의 악천후 속에서 그 텃새가 가볍게 날고 있
지 않은 것만은, 틀림없어 보인다.

하늘로 들어가는 길을 몰라
새는 언제나 나뭇가지에 내려와 앉는다.
하늘로 들어가는 길을 몰라
하늘 바깥에서 노숙하는 텃새
저물녘 별들은 등불을 내거는데
세상을 등짐 지고 앉아 깃털을 터는
텃새 한 마리
눈 날리는 내 꿈길 위로
새 한 마리
기우뚱 날아간다.

—「텃새」

## 나뭇잎은 떨어질 때 비로소 보인다

나뭇잎은 무성할 때 보이지 않는다. 그러나 가을이 오고 나뭇잎이 떨어질 때 비로소 나뭇잎이 보인다. 몇 잎밖에 남지 않았을 때 세상을 등지는 나뭇잎은 비장미까지 서려 보인다.

잠을 잘 시간에만 길이 보인다.
꿈속에서만 세상을 걸어다녔는데
새벽녘에는 길이 다 지워져 있다.
특히 잎 지는 가을밤은 더욱 그러하다.
지상의 시간이 만든
벼랑과 벼랑 사이
떨어지는 잎새를 따라가 보면
아, 그 시각에만 환하게
외등이 켜져 있다.

　　　—「길」

저쪽을 열 수 있는 손끝의 쾌감

잠긴 문 앞에서 열쇠 구멍에 열쇠를 넣어본 사람은 알 수 있다. 자물쇠가 돌아가며 풀리기 전에 손끝에서 순간적으로 전달되는 쾌감은 아주 순간적인 것이다. 하찮은 사물과의 교감이 내게는 아주 주요한 사안으로 확대된다.

저쪽을 열 수 있다는 기쁨보다 미세한 접촉에서 발생하는 그 과정을 오히려 나는 중시한다.

삽입하자마자

안에서 놓치지 않고 물고 돌아가는

탄력 있는 금속성

황홀하다 황홀하다

손끝에서 온몸으로 옮겨붙는

마음의 성감대를

나만 혼자 가진 것일까

거절할 것인가 받아들일 것인가

삽입하자마자 찰나에 감응하는

순발력을 나는 좋아한다

아무도 없는 잠긴 문밖에서

나는 절정의 순간을 교감한다

찰나 속에 스치는

황홀한 우주의 블랙홀을

오늘도 잡았다


　　　—「열쇠」

## 엄마와 함께 걸었던 황톳길

지난날은 아름답다. 엄마 손을 잡고 걸었던 유년 시절은 더욱 아름답다. 봄날에 꾼 짧은 꿈인 듯 황홀하고 아쉽다. 눈이 따갑도록 핀 봄꽃돌도 아름답지만, 그보다 여섯 살인 나는 엄마가 더 아름답다고 생각한다.

황간에서 상주, 상주에서 두원 가는 길은

발바닥이 아프다.

나는 여섯 살

배가 고파 하늘이 노랗다.

가도가도 황톳길

나는 주저앉아 있고

뒤따르던 제비꽃, 애기똥풀꽃이

황토분 바르고

엄마 등에 업혀서 쉬고 있다.

소 몰고 집으로 돌아가는 한 농부가

엄마의 미색에 반해서

여섯 살 나를 번쩍 들어 소 등에 태웠다.

무섭다고 악을 쓰며 나는 울었는데

발바닥이 아파도

배가 고파도

엄마와 단둘이 걷는 황톳길이

나는 더 좋았다.


　　　　—「황톳길」

## 눈 오는 날은 귀가 먹먹하다

눈 오는 날은 귀가 먹먹하다. 눈은 소리를 먹어 치운다. 눈은 내리면서 두 귀를 막는다. 목화송이보다 더 굵은 눈송이는 아래로 아래로 내리는 것이 아니라 위로 위로 올라간다. 눈은 하늘로 올라간다. 그리운 사람의 얼굴도 눈과 함께 하늘로 오른다.

눈은 따뜻하다. 눈 오는 날의 먹먹한 서정적인 온기를 나는 사랑한다. 서설이 내린 날 아침, 밤사이 누군가 다녀간 발자국이 찍혀 있다. 숨겼던 그 사람, 드디어 탄로나고 만다.

눈은 가볍다
서로가 서로를 업고 있기 때문에
내리는 눈은 포근하다
서로의 잔등에 볼을 비비는
눈 내리는 날은 즐겁다
눈이 내릴 동안
나도 누군가를 업고 싶다


—「눈」

# '나'를 스스로 '짐朕'이라고 사칭하였다

　시집 『별똥별』을 펴낸 이후 만 1년 동안 나는 단 한 줄의 시도 쓰지 않았다. 시로부터 멀리 떨어진 유배 생활의 고통을 즐겼다. 시 쓰기에 대한 나 자신의 회의 때문이다. 그 짧은 유배 기간 동안의 막힌 언로言路 속에서, 나는 낯선 사람이 되어 있기를 희망했다.

　그러나 지금 나는 아무것도 달라져 있거나 변해 있지 않다. 나는 그것이 못마땅하고 불만이다. 조금 달라진 것이 있다면, 시 쓰기의 화법에서 '나'의 호칭을 '짐朕'으로 수직 격상시켜놓은 점이다.

　구시대의 절대권력인 황위皇位나 군주위君主位에 대한 나 자신의 잠재적 욕망 때문에 그런 것은 아니다. 내 시 속에 등장하는 '짐朕'은 신민臣民의 생살 여탈권을 쥔 절대권력자가 아니라, 소시민의 민감한 개인적 감정 사안에 부딪치고 흔들리는 짐朕이다. 소심증에 갇혀 있고 우수 속에 떠도는 '짐朕'이다. 불행하고 불우한 황제의 외로움과 슬픔, 그리움과 사랑의 정서가 그려져 있다.

세상 살아가는 사람살이의 이치가, 신분과 지위가 다르더라도 그 감정 궤적은 같을 수밖에 없다. 나의 시 쓰기에 있어서 화자話者인 '나'의 호칭을 '짐'으로 사칭하여 앞으로도 계속 이같이 행세하게 될 것인지 알 수 없다.

이 시편들을 쓰고 난 다음 문득 1970년 한양대 부속병원에서 디스크 수술을 받던 때를 떠올리지 않을 수 없었다. 마취를 하고 척추 수술을 받던 그 다섯 시간 동안의 무의식 공간 속에서 나는 묘한 체험을 했다.

꽃으로 덮인 궁궐의 침상, 아리따운 궁녀들. 노래하는 궁녀, 까르르 웃는 궁녀들을 보며 나는 더없는 행복감에 빠져 있었다. 궁녀들에게 나직하게 분부하던 내 목소리는 병원 회복실에서 근무하던 간호사들의 큰 호기심을 불러일으켰다. 의식이 회복된 후 간호사들이 와서 내가 지껄였던 황제의 말씀을 전해주었다.

인사동에 눈이 올 것 같아서

궐闕 밖을 빠져나오는데

누군가 퍼다 버린 그리움 같은 눈발

외로움이 잠시 어깨 위에 얹힌다.

눈발을 털지 않은 채

저녁 등燈이 내걸리고

우모羽毛보다 부드럽게

하늘이 잠시 그 위에 걸터앉는다.

누군가 댕그랑거리는 풍경소리를

눈 속에 파묻는다.

궐 안에 켜켜이 쌓여 있는

내 생生의 그리움

오늘은 인사동에 퍼다 버린다.


— 「인사동으로 가며」

한밤에 난초 잎이 맞이한 어둠이나

짐朕이 맞이한 어둠이 다르지 아니하나,

오늘 밤 짐의 하늘엔 별이 뜨지 아니한다.

시녀들에 등을 들려

이승이 잘 보이는 난간에 나서보면

사람 사는 세상의 길이 끊겨 있다.

집집마다 골짜기는 깊고,

문을 열면 아스라한 낭떠러지.

당인리가 보이는 마포 한끝에서

강이 흐르는 길을 근심한 적 없으나,

오늘처럼 이승이 잘 보이는 날엔

어둠이여,

차라리 두 손으로 짐의 눈을 가려다오.


—「어둠에 대하여」

## 국화꽃 한 송이를 창밖으로 던지다

버릇처럼 새벽 2시와 3시쯤 잠이 깬다. 깊은 밤, 잠이 깨어 냉장고에서 물을 꺼내 마시고 또 잠들기까지 한 시간을 누운 채 방향을 바꾸며 뒤척인다. 그 한 시간 동안 내 삶 속에서 소중하게 자리잡았던 죽은 사람들의 이름과 얼굴들이 역순으로 스쳐 지난다. 이순을 지나고 고희를 지난 팔순의 나이, 죽음이 부드럽게 보인다.

강화도에서 수목장을 한 김영태 시인, 그곳에 먼저 자리잡았던 오규원 시인, 막걸리를 마신 듯 시신에 붉은 뺨을 보였던 김종석 가형, 한쪽 귀가 어두웠던 임영조 시인. 그리고 조태일, 이문구, 손춘익은 길림성 연길에 남아 아직도 사진을 찍고 있고 구상, 조병화, 김춘수, 이형기 시인은 자기만 가진 독특한 포즈로 넉넉하게 웃고 있었다. 사랑하는 그분들에게 나는 한밤에 국화꽃 한 송이를 올리는 마음으로 다시 잠을 청한다.

이승의 경계에는 구름이 있다

만 미터 고도에서

하늘을 날아본 사람은 안다

발밑에 깔린 눈부신 목화밭

바람에 떠밀리는 대평원의 솜

재수 좋은 날은

신의 여인들이 와서 널어놓은

빨래도 볼 수 있다.

눈부신 만년설을 산의 이마에다

얹어놓은 것도 볼 수 있지만

나는 지금 그것에 관심이 없다

이승의 경계를 가로질러

1억 광년 바깥으로 떠난 사람들

만 미터 고도에 올라와서

그 사람의 이름으로

흰 국화꽃 한 송이를 창밖으로 던진다


　　　　 ―「흰 국화꽃 한 송이」

## 봄날, 하느님이 예배당에 계시지 않는 이유

겨울보다 봄이 나는 더 좋다. 꽃들이 피어서 어둡지 않기 때문이다. 꽃들이 한꺼번에 피는 이유를 나는 알고 있다. 하늘에 계시는 하느님은 예배당에 계시지 않고 온 세상천지에 다 계신다는 것을 여섯 살 때 나는 알았다.

환한 봄날, 나는 하느님의 힘을 믿는다. 헐!

봄은 화안하다

봄이 와서 화안한 까닭을 나는 알고 있다

하느님이 하늘에다 전기 스위치를 꽂기 때문이다

30촉 밝기의 전구보다 더 밝은 꽃들이

이 세상에 일시에 피는 것을 보면

헐, 나는 하느님의 능력을 믿는다

봄은 눈부시고 화안하다

사람과 세상이 제 모습을 감추고 있는

긴긴 겨울밤은

하느님이 아직 스위치를 꽂지 않으셔서

어둡다고 생각한다

오늘 아침 느닷없이 봄은 와서

내 눈을 부시게 한다


　　　　—「느닷없이 봄은 와서」

# 머리카락 한 올마다 삶이 새겨져 있다

삶은, 살아간다는 것은 내게는 긴 여행의 한 부분이다. 일상의 장면이 바뀔 때마다 보고, 느끼고 깨닫는 것은 지리할 정도로 꼭 같다.

이발을 하면서도 나는 지금 여행을 하고 있음을 깨닫는다. 내 몸에서 떨어져 나간 머리카락은 머리카락이 아니다.

내가 소비한 오늘의 시간이다.

지루하다. 여행이여.

이발소 의자에 앉아서

두 눈을 감으면 일평생이 보인다.

가위에 잘린 머리털 하나하나마다

번뇌가 수북하다.

어깨 위에 날리는 눈송이는

가볍고 슬프지만

생을 마감하고서

내게서 잘려 나간 머리털은

먼 길 떠나는 고별사를 대신한다.

고단했던 일평생을 촘촘히 보여준다.

내 몸에서 떨어져 내리는

저 가벼운 분신이여,

그러나 나는 눈을 감고 있다.

이발소 의자에 앉으면

내 몸이 걸어왔던 길이 보이고

그 길 위에 잘려 나간 꿈과 상처

함께 자란 일평생도 보인다.


　　　—「이발을 하며」

# 그 약을 다 먹으면 나는 잠들리라

이젠 나도 팔순의 나이를 지나간다. 아직까지는 건강해서 고맙다. 아침 점심 저녁, 때마다 물과 함께 먹는 약 종류가 너무 많다. 거기다 하루에도 몇 번씩 넣는 안약, 알레르기성 피부 크림, 아침마다 심폐 속에 깊숙이 흡입하는 천식약은 꽤 까다롭다. 감기에 걸려 감기약까지 복용한다면, 투약 복용만으로도 배가 부르다. 이까짓 것. 그러나 정말 배가 부르다.

치매라도 들어서 먹었던 약을 또 먹거나, 깜빡 잊어버리고 약을 복용하지 않게 될까 봐, 잠자기 전 식탁 위에 복용할 약을 한 줄로 세워둔다. 그 약을 다 먹으면 나는 오늘 밤 비로소 잠들 수 있으리라.

북한산이 조금 내려와 있는 저녁
불광동 연신내 어귀에서
우리는 양평해장국을 먹었다.
북한산의 산빛보다는 어려 보이는

물빛 세월 산수傘壽의 나이

아내와 함께 양평해장국을 먹었다.

국물은 세밑의 우리를 따스하게 한다.

하루 지나면 새해가 되는 섣달의 끝

이른 저녁 켜지는 불빛 속에서

연신내는 발밑에서 물소리를 감추고 있었지만

나는 세상의 소음을 다 듣고 있다.

불빛이 보이는 곳엔 사람이 산다.

무심한 듯하지만 사람 사는 세상은 어디나 같다.

사람들 마음속에도 어둠이 보인다.

알 수 없는 그 어둠 속에서

바다 찾아가는 작은 시냇물 소리를

나는 연신내에서 듣고 있다.

이제 어둠이 끝나면

누구에게나 새해가 찾아들리라.

가는 사람 가고, 오는 사람은

또다시 막힌 세상의 어둠과 맞서리라.

연신내의 물소리도 듣는 자의 것이리라.


—「세밑에 서서」

## 까마귀가 우짖는 그 대구를 나는 알아들었다

아침 9시가 조금 넘은 시각, 마포구 신수로의 은행나무 가로수 길은 푸르고 조용하다. 그러나 조금 뒤 한 무리의 까마귀가 날아와 갑자기 이 무대를 장악한다.

깍깍! 까악까악! 까아아악! 새들은 잎이 무성한 은행나무 가지 위에서 저마다 높낮이가 다른 억양으로, 때로는 길고 짧게, 날카롭게 우짖는다.

이것은 보통일이 아니다! 나는 저희들 까마귀 사회의 변고를 깨닫는다. 까마귀들의 목소리 하나하나마다 놀라움과 슬픔이 묻어 있다. 나는 즉시 붓을 들고 시를 쓰기 시작한다.

아침부터 까마귀가 우짖고 있다.
한 마리가 아니라
여러 마리가 방향을 바꿔가며
대구對句를 한다.
목소리마다 슬픔이 묻어 있고
왜, 왜, 왜라고 반문을 하기도 한다.

폐부 깊숙이 감춰둔 말을 꺼내어
공론화하기도 한다.
마포 인근의 강과 신촌 야산을 향해
까마귀가 우짖고 있다.
저들이 모여서 주고받는 말 속에는
대체적으로
긴박한 전언傳言이 있고
슬픈 부고訃告가 담겨 있다.
나는 까마귀의 말을 모른다.
까마귀 일가一家들이
다급하게 주고받는 대화 속에서
오늘따라 내가 가슴이 아파오는 것은
그들의 목소리 속에 담겨 있는
알 수 없는 조문弔問의 슬픔이
나를 흔들기 때문이다.


         —「까마귀와 함께」

## 평양 다녀와서

2005년 7월 20~25일, 5박 6일간 민족문학작가회의가 주최한 '6.15 공동선언 실천을 위한 민족작가대회'의 남측 문인으로 참가, 평양과 백두산, 묘향산을 밟았다.

이 행사는 북측의 복잡한 사정으로 해를 넘겨 연기된 끝에 이듬해 북측의 시혜인 듯 겨우 성사되었다. 나는 '작가대회'보다는 오히려 닫힌 북쪽 산하와 그 사회를 직접 체험해보고 싶은 욕구가 더 컸다. 그래서 '대회' 자체에 대한 일체의 비판적 언동은 삼가기로 마음먹고 낯선 디지털카메라와 '메모 노트'에 북쪽 풍정을 간략하게 기록해갔다.

'메모 노트'에는 이렇게 적혀 있다.

〈7월 20일 오전, 인천공항, 안개 때문에 한 시간 40분 정도 딜레이, 고려항공 편으로 순안비행장 도착, 첫날 평양의 밤은 조용하고 캄캄했다. 모든 건물은 거의 소등했고, 몇 개의 창문은 불이 켜져 있었지만 그것마저 희미했다. 평양의 정적, 평양은 고요했다. 둘째 날 아침, 평양의 아침은 안개가 자욱했다. 흰 망사를 머리에 쓰고 있는 평양, 창광거리를 부지런히 걸어가고 있는 몇몇 사람, 근무지로 가는 사람이 보였지만 한산했다. 차량마저 이따금 지날 뿐 조용했다. 고층건물의 외벽은 페인트칠이 벗겨져 흉물스럽게 보였다. 페인트칠이 되지 않은 고층 건물이 많이 보였고, 밤에는 불마저 꺼져 있었다. 우리가 묵고 있는 창광거리의 고려호텔 22층에서 내려다본 평양의 모습. 그러나 아침은 출근하는 사람들로 활달했다.〉

이 같은 메모는 계속 기록되어갔고, 나는 어느덧 실어증을 보이면서 말(모국어)을 잃어가고 있었다. 주의主義도 싫고, 이념도 싫고, 사회도, 민족도 다 싫다는 개인주의 속에 나는 빠져 있었다. 북조선에서 받은 충격 탓이다. 내 손에는 400만 화소 디지털카메라만 꼭 잡혀 있었다.

나는 디지털카메라를 믿는다.
살아생전 필생의 꿈
평양에 내리자마자 순안비행장을 찍었다.
창광거리를 찍었고, 숙소 고려호텔도 찍었다.
백두산 가는 길.
량강도의 삼지연읍,
이깔나무숲도 찍고, 배개봉,
비 오는 백두밀영, 정일봉도 찍었다.
백두산의 장엄한 일출

세찬 바람도 찍고

떨고 있는 천지도 찍었다.

피사체가 드러내지 않는 감정

나는 누르기만 했다.

평안북도 안주, 녕변 (약산의 진달래꽃)

묘향산 보현사에서 청천강 지나 평양으로 오면서

나는 왜 모국어를 절제하고 있는가

피사체 따라 드러내지 않는 감정

서울로 돌아온 두 달 뒤

실어증을 벗기고

비로소 카메라를 열었다.

오오. 끔찍한 디지털카메라!

그 속에는 어둠만 찍혀 있었다.


　　　—「400만 화소 디지털카메라」

# 「항해일지」에 대하여


나는 아직 『항해일지』를 나의 대표시집으로 생각해본 적이 없다. 그럼에도 연작시 「항해일지」에 남다른 애착을 가지는 것은 내가 살아온 누더기 같은 밑바닥 삶의 싸움과 사랑을 놓치지 않고 하나하나 연작시 형태로 재현해가고 있다는 재미 때문이다.

열여덟 살 때 나는 '알마크'호를 타고 졸병 수부생활을 했다. 그리고 그 항해는 1년 만에 끝났는데, 그것이 아니었다. 묘하게도 나의 항해는 지금껏 계속되고 있다는 것이다. 도시의 어두운 그늘에 살면서도 나는 항상 배를 타고 있었고, 그 배는 항상 나의 삶 속에서 침몰해가고 있었다. 때로는 높았다가 때로는 낮아지는 물결의 골과 이랑에서 나는 결코 벗어날 수 없었다.

연작시 「항해일지」는 오늘 이 시대를 살아가는 한 소시민의 개인적인 삶의 기록이며, 생존의 이야기이다. 무대가 '바다'로 되어 있지만 그 바다는 배가 떠다니는 바다가 아니라 우리가 어렵게 살아가고 있는 이 도시의 삶의 현장을 가리킨다. 바다의 물을 노 젓는 것이 아니라, 이 도시 하루 하루의 삶을 노 젓는 소시민의 절실한 삶의 기록이 「항해 일지」 연작시로 나타난다.

이 시의 화자인 '나'는 그 바다를 항해하는 수부이다. 을 지로에서도 노를 저으며, 때로는 청계천, 종로, 혹은 화곡 동, 삼각지 어느 곳에서나 노를 젓는다. 그리고 때로는 포장 술집에도 정박하여 술잔을 기울인다. 이 도시에서 소외된 삶을 살아가는 사람, 갖지 못한 자의 개인적인 절망과 고통, 허무와 어둠을 극복해 나아가고자 하는 데 이 시의 의도가 놓여 있다.

이 도시에서 일어나는 온갖 부조리와 비리와 모순을 화자인 '나'는 놓치지 않고 기록한다. 이 도시의 어느 곳에 몇백 마리, 몇천 마리가 눈빛 날카롭게 빛내며 서식하고 있는 바다의 날강도 '아구'(「항해일지 18」) 이야기는 약자를 수탈하는 강자의 악함과 부도덕을 그려놓은 것이며, 이 도시의 어느 건물 안에서도 몸을 숨기고 있는 음흉한 '상어'(「항해일지 4」)는 바로 우리 삶을 위협하는 권력 추구의 카리스마 이야기이다. 살아가기 위한 절박한 생존의 싸움, 그것은 이 도시를 항해하는 한 수부에게는 너무나 충격적인 인간 기록으로서 받아들여진다.

"사라져가는 것, 떨어져가는 것, 시들어가는 것들의 흘러내림/ 그것들의 부음訃音 위에 떠서 노질을" 계속해가는 화자의 허무적인 시각 속에「항해일지 1」은 시작된다. "그러나 눈보라 날리는 엄동嚴冬 속에서도 나의 배는 가야 한다./ 눈을 감고서도 선명히 떠오르는 저 별빛을 향하여/ 나는 노질을 계속해야 한다." 이러한 삶의 의지는 이 시대의 어둠이 주는 자율 반동이며, 어렵고 절박한 삶을 살아가는 사람들의 자생 의지이기도 하다.

인간주의의 돛폭을 올리고 한 척의 작은 배로 삶과 현실과 존재 위를 끈질기게 항해하는 이 수부의 이야기는 앞으로도 계속될 것이다. 이제까지와 마찬가지로 개인적인 삶과 사회적인 삶을 동시에 수렴해가면서.


연작시「항해일지」는 30편에서 끝난다. 그리고「마지막 항해」라는 작품을 끝으로 나는 더 이상 이 연작시를 쓰지 않았다. "어머니가 돌아가셨기 때문이다"라고 나는 말한다. 정말 나는 어머니 탓으로 돌린다. 어머니가 돌아가셨기 때문에 노질이 무의미해졌고 따라서 나는 더 이상 '항해일지'를 쓰고 싶지 않았다. 어머니의 유해는 지금 태종대가 보이는 부산 바다의 끝 생도에 모셔져 있다.

「마지막 항해」의 첫 구절과 끝 구절은 이렇다.

"바람 부는 날/ 우리는 배를 끌어내었다."

"우리는 그날 아무도 노를 젓지 않았다."

이만익 화백이 그린 「항해일지」, 김종해 시인
(1983년 '현대문학상' 수상 기념)

을지로에서 노를 젓다가 잠시 멈추다.

사라져가는 것, 떨어져가는 것, 시들어가는 것들의 흘러내림

그것들의 부음訃音 위에 떠서 노질을 하다.

아아, 부질없구나

그물을 던지고 낚시질하여 날것을 익혀 먹는 일

오늘은 갑판 위에 나와 크게 느끼다.

오늘 하루 집어등을 끄고 남몰래 눈물짓다.

손이 부르트도록 날마다 을지로에서 노를 젓고 저음이어

수부水夫의 청춘을 다 바쳐 찾고자 하는 것

삭풍 아래 떨면서 잠시 청계천 쪽에 정박하다.

헛되고 헛되도다. 무인도여

한잔의 술잔 속에서도 얼비치는 저 무인도를

누구에게도 보이지 않다.

그러나 눈보라 날리는 엄동嚴冬 속에서도 나의 배는 가야 한다.

눈을 감고서도 선명히 떠오르는 저 별빛을 향하여

나는 노질을 계속해야 한다.


—「항해일지 1 – 무인도를 위하여」

상어는 이 도시의 어느 건물 안에서도 몸을 숨기고 있는 것이 보였지만

정작 나는 갑판 위에서 작살을 날리지 못하였다.

날마다 작살의 날을 시퍼렇게 갈고 또 갈았지만

나는 작살을 쓸 수 없었다.

무엇인가 그물에 걸려서 퍼덕일 것 같은 번쩍임의 예감을 끌어올리기 위하여

날마다 을지로나 청계천으로 노를 저어가지만

헛일이었다. 아아, 헛일이었다.

눈은 와서 이미 겨울 바다는 서쪽으로 서쪽으로 기울어지고

석유는 얼마 남지 않았다.

그물 사이로 빠지는 눈 오는 바다를 금전출납부 위에 올려놓고

아침마다 도장으로 눌러대지만,

계산기 위에 결재서류의 숫자를 두드리고 또 두드리지만,

한 장의 방한복으로 추위를 가린 젊은 수부의 항로는 어디로 열려 있나.

상어가 출몰하는 흉흉한 바다,

그물을 물어뜯고 배를 뒤엎어놓는 저놈의 상어,

음흉한 상어는 이 도시의 어느 건물 안에서도 몸을 숨

기고 있었지만

아아, 나는 왜 작살을 날려 저놈의 심장을 꿰뚫지 못

하나,

춥고 어두운 겨울 항로 가운데

오늘은 한 젊은 수부가 사는 화곡동에 닻을 잠시 내리

고 잔을 나누다.

—「항해일지 4 - 도시의 상어」

개여, 사라져다오

　우리 집에서 개를 길러온 것은 한 25년쯤 된다. 개가 말
귀를 알아듣고 사람을 따르는 것이 유별나다. 밤늦게 골목
어귀 먼 데서부터 내 발소리를 식별해 꼬리치고 달려 나오
는 개를 보면 대견하고 따뜻한 마음이 든다. 내가 늘 타고
다니는 승용차의 엔진소리마저도 식별하고 골목 어귀로 뛰
쳐나와 꼬리를 흔든다. 강한 헤드라이트 불빛을 꿰뚫고 녀
석은 운전석 옆에 와서 방방 뛴다.

　다칠라, 물러나, 차가 후진하는 방향을 녀석은 알고 있
다. 차고에 차를 집어넣고 자정이 넘은 한밤에 녀석의 목
덜미를 가볍게 두드려주고 쓰다듬어준다. 그러고는 차고에
넣어둔 차의 보닛을 두어 번 가볍게 두드려주며 고마워, 하
고 나는 차에게 말한다.

　녀석들은 모두 나의 통화권 속에 들어와 있다. 살아 있는
생명력을 가지고 나에게 갖가지 의미와 언어를 제공해준
다. 그 가운데서도 개는 나의 시에서 중요한 역할을 한다.

실제로 개를 모델로 하여 쓴 작품이 나의 시집 속에 열 편 이상이나 된다. 개의 삶 속에, 개의 말 속에 내가 들어가 있다. 때로는 개보다 못한 부도덕한 삶 속에 갇혀 있는 나 자신의 목에, 쇠사슬로 된 개고리가 묶여 있는 것을 자주 발견한다.

70년대의 억압된 사회와 시대 속에 '짖지 않는 개'로서의 꼬리를 감춘 비겁함을 환기시키려 했던 작품도 여러 편이다. 이 시대와 사회를 살아가는 지식인의 위독한 증증을 나는 개를 통해서 말하려 했던 것이다.

어제도 짖지 않고
오늘도 짖지 않았다.
골목으로 도적이 뛰고
이웃이 웅성웅성거리는 소리들이 한자리에 모여 큰 덩어리로 굴러도
나는 귀를 떨어뜨리고 배를 깔았다.
하나님의 눈초리 같은 손수건만 한 달빛은
내 집으로 들어와 내가 감춘 꼬리를 핥았다.

—「위독」에서

모가지에 쇠목고리가 채워지고
역촌동 수의과 병원 쇠창살 안에 갇힌 후에
나는 비로소 한 마리 짐승
이 봄날 황사바람 흉흉하게 부는데
나는 짖지 못하는 한 마리 짐승
도적을 짖지 못하고
자유를 짖지 못하는 한 마리 짐승
사월이 가고 오월이 오는데
이 봄날 황사바람 흉흉하게 부는데
잇몸에서 돋는 칼날 같은 말
전신에서 돋는 흉기 어쩌지 못하나니
내 오늘 한 마리 짐승으로
피울음 감추나니
역촌동 수의과 병원 쇠창살 안에서
며칠 동안 또 며칠 동안
온몸에서 타오르는 불길을 잡나니

　　　　　──「내 오늘 한 마리 짐승으로」

234

「위독」은 반민주적 반도덕적인 정치 상황에서 침묵하는 지식인의 비겁함을 환기시켜보려 한 작품이다. 억압받고 탄압받는 부도덕한 정치 현실에서 짖지 않는 지식인의 고뇌와 갈등을 '개 = 나'라는 등식의 자해 의식으로 비하해놓은 시다.

그러나 「내 오늘 한 마리 짐승으로」는 짖지 못하는 지식인의 위독한 중증을 참을 수 없는 격앙된 감정으로 표현하고 있다. 극한적인 행동의 자제력이 무너지기 직전의 감정― 더 이상 물러설 곳도 참을 수도 없는 지식인의 대현실, 대사회적인 처절한 감정 표현 그것이다.

"도적을 짖지 못하고/ 자유를 짖지 못하는" 개가 나의 이미지로 환치되고, 나는 수의과 병원 쇠창살 안에 갇힌다. "잇몸에서 돋는 칼날 같은 말/ 전신에서 돋는 흉기 어쩌지 못하나니/ 내 오늘 한 마리 짐승으로/ 피울음 감추나니" 비뚤어진 우리 시대와 사회 현실을 짖는 개보다, 짖지 않는 개의 처절한 고통과 갈등을 표현함으로써 반어법의 효과를 얻어보려 한 것이다.

이 같은 비유로 굳이 개를 등장시킨 것은 지식인의 무력증과 자기 비하의 모멸을 자극함에 있어 개보다 더 적절한 비유 대상을 찾아볼 수 없었기 때문이다. 오늘을 살아가는 지식인의 위상을 짖는 개와 짖지 않는 개의 이분법으로 보는 시각은 위험하다.

그러나 짖지 않는 개의 위상, 자기 것으로 인식하고 있는 지식인의 고뇌와 갈등을 통해 우리는 우리 시대의 희망과 양심이 결코 죽지 않는다는 것을 확인할 수 있다. 설레발치며 즉흥적으로 짖는 개보다, 짖지 않는 개의 도덕적 갈등이 훨씬 인간적인 것에 가깝기 때문이다.

앞으로 나의 시에서 짖지 않는 개가 등장하지 않기를 나는 희망한다. 사회 현실이라든가 정치 현실이 나의 시의 중심에서 더 이상 나 자신을 긴장시키거나 감정을 고양시켜가는 것이 싫기 때문이다.

## 나무연필로 시를 쓰는 이유

　시인으로서 오랜 기간 시를 써오며 지금까지 변하지 않는 버릇, 시 쓰는 습관이 하나 있다. 시 쓰기 메모에 해당하는 시의 첫 구절이나 초벌의 시는 대체로 나무연필로 쓰는 것이다. 확실한 이미지가 아니거나 가변적인 표현 때문에 '메모 수준'의 시를 쓸 때는 짙은 검은색의 볼펜보다 희미한 나무연필을 이용해 쓴다. 첫 구절이 의도했던 대로 써지지 않았거나 명료하지 않을 때 그것을 버리고 또 다른 표현으로 쉽게 바꿀 수 있기 때문이다.

　정확한 시적 표현을 위한 영점 조준이 아니더라도, 그다음 핵심에 다가갈 수 있는 가감첨삭을 고려해본다면 쉽게 지워서 다시 쓰는 연필만큼 좋은 것이 없다. 주제를 떠올리며 연필로 쓰고 지우는 그 가변적인 치환을 여러 번 거치는 동안, 여러 가지 시의 방법론이나 적절한 언어 표현의 책임감에서 나는 멀찍이 벗어날 수 있다.

　그러므로 한 편의 시가 완성되었을 때 나는 그 시의 미완성 초고를 책상 서랍에 넣어두고 며칠 뒤 꺼내어 읽어본

다음 다시 여러 번 손질을 계속한다. 표현에 있어서도 주제를 띄워놓은 집중력이나 운율의 이질감, 다소 튀는 부분이라든가 의미망에서 빠진 부분을 다른 언어로 바꿔본다. AI가 감지할 수 없는 감성의 언어까지도 부드럽게 매치시켜본다.

시인이 적절한 표현을 얻기 위해 언어 자료의 무게와 질량과 색감을 하나하나 뒤적이며 천칭 위에서 미세하게 재는 일은 재미있고 또 고통스럽다. 연필로 쓴 시의 초고를 그전에는 구겨서 버리거나 가위로 잘라 휴지통에 버렸지만, 지금은 한 구절의 시가 버려지고 또 버려지고 바뀐 모습으로 완성되기까지의 변모 과정을 고스란히 담고 있는 그것을, 완성된 한 편의 시와 함께 서랍 속에 보관해둘 때도 있다.

나무연필로 쓰는 시는 아무 격식도 차리지 않고 언제 어디서나 무한한 창조적 발상을 마음대로 꺼내어 적고 또 쉽게 바꿀 수 있어 좋다. 나는 컴퓨터 자판으로 시를 쓰지 못한다. 잡지사나 언론사에 원고를 보낼 때는 아직도 가족의 손을 빌려 송고한다.

컴퓨터 자판을 능숙하게 두드리며 쓰는 시보다, 나는 나무연필로 쓰는 시가 좋다. 시 쓰고 난 다음의 몽당연필이 내 책상 서랍에는 수두룩하다.

내 시의 첫 구절은 나무연필로 쓴다
세상을 모두 시 속에 들어앉힌다
그림인 듯 선禪인 듯 말인 듯
희미하게 잡히는 날〔生〕 이미지가
나무연필에 쉽게 잡힌다
시의 외연外延에 갇혀 오래 지냈으므로
초벌로 쓰인 시가 나무연필에 잡혀서
희미하게 그 모습을 보이기까지
나는 며칠간 무릎을 꿇고
말의 닦달질을 계속해야 한다
시로 쓴 사상의 실체는
시가 아니므로 나는 고통스럽다
나무연필은 희미하고 확실하지 않다
연필로 쓴 세상과 삶을
나는 또 바꿀 수 있다
내 시의 마지막 구절까지
나무연필로 쓴 시를 쉽게 지울 수 있어 좋다
일평생 지우고 또 지워도 지워지지 않는 시
살아오며 상처를 받는 동안 쓰인 시
나무연필로 쓴 한 구절의 시를
나는 또 바꾼다

　　　　—「나무연필로 시를 쓰다」

# 무인도가 내 삶의 마지막이 아니다

코로나 팬데믹의 어두운 시간이 우리에게 마스크를 씌운 지 2년이 지났다. 문 닫힌 사회의 일상, 가까운 친지와 가족들의 내왕마저도 끊겼다. 사람과 사람 사이의 고립된 시간 속에서도 계절은 저 혼자 가고, 꽃은 피었다 지고 바람은 불고, 나뭇잎은 흩날리고 비도 눈도 내렸다 그친다. 사람이 살지 않는 무인도에 다들 홀로 사는 것 같다. 저마다 무인도에 갇혀서 봄이 언제 올 것인가를 막연히 기다린다.

시인이 아니더라도 사람들의 감성은 어느 시대보다 예민한 것 같다. TV 방송국마다 트롯 경연은 넘쳐나고, 애절한 노래 가사 한 구절에도 집 안에 갇혀 사는 사람들은 모두 눈물짓는다. 사람은 외로울수록 인간 본연의 절실성과 정체성을 찾아가나 보다.

지금 무인도에서 홀로 살고 있더라도 우리의 삶이 무인도가 마지막 삶이 아니란 것을 우리는 알고 있다. 혹한의 겨울이 끝나면 봄이 온다는 것을 우리는 안다.

내가 쓰는 시의 메시지는 여기서부터 시작이다.

내가 사는

무인도에도 눈이 오는구나

펑펑 쏟아지는 눈은

내 집을 둘러싼 가시나무의 가시마다 얹혀서

위리안치의 세상을

더없이 평화롭게 하는구나

세상은 유배소가 아니라고 말하는구나

외로운 섬 그 안에서

눈 오는 하늘을 바라보면

지금껏 내가 걸어온 세상

눈이 와서 선명하게 찍혀 있는

천형의 발자국

세상 살아가며 누구나 무인도 하나쯤

마음속에 지니고 있을 테지만

오늘은 내가 살고 있는 무인도에도

눈이 펑펑 내린다.


—「무인도에 내리는 눈」

시가 있으므로 세상은 따스하다

초판 1쇄 발행  2022년 11월 4일

지은이     김종해
펴낸이     김요안
편집       강희진
디자인     부추밭

펴낸곳     북레시피
주소       서울시 마포구 신수로 59-1
전화       02-716-1228
팩스       02-6442-9684
이메일     bookrecipe2015@naver.com | esop98@hanmail.net
홈페이지   https://bookrecipe.modoo.at
등록       2015년 4월 24일(제2015-000141호)
창립       2015년 9월 9일

ISBN 979-11-90489-66-9 03810

종이 | 화인페이퍼  인쇄 | 삼신문화사  후가공 | 금성LSM   제본 | 대흥제책